RENAISSANCE

DU

GAI MÉNESTREL.

La Lisette (page 5).

LA RENAISSANCE

DU

GAI MÉNESTREL

CHANSONNIER NOUVEAU

PAR

MM. HALBERT D'ANGERS, J.-A. SÉNÉCHAL, JOSEPH GOIZET, F. GOZOLA, J. HEPPLY, H. BENOIST, H. DEMANET, G. LEROY, ALP. HENICQUE, NÉRON PRADES, BAPTISTE LELIÈVRE, BOURGEOIS, Mme ZÉNAÏDE B., ETC., ETC.

PARIS
LE BAILLY, LIBRAIRE
RUE CARDINALE, 6, FAUBOURG SAINT-GERMAIN

CHANSONS NOUVELLES

LISETTE

Chansonnette.

Air : ***Des souvenirs de Lisette*** **(F. Bérat).**

Matin et soir quand, sur l'herbette,
A l'ombre du grand châtaignier,
Petits enfants, par une chansonnette,
Vous entonnez un concert familier,
Auprès de vous une vieille répète,
Les pleurs aux yeux, vos chants de tous les jours,
Respectez-la ! c'est elle, la Lisette
Dont Béranger vous apprit les amours ! (***bis.***)

Honneur aux cheveux blancs !
Cette vieille à béquille,
Ah ! qu'elle était gentille
Sous ses quinze printemps !
A cet âge où l'œil brille,
Où s'agitent nos sens,
Enfants, joyeux enfants, (***bis.***)
Grisette dans son temps,
Dieu ! ***qu'elle fut*** **gentille !**

Dans un grenier, dit ce poëte,
Hélas ! qu'on est bien à vingt ans !

Ah ! c'est qu'alors Béranger et Lisette
Ensemble étaient de biens jeunes amants ;
Avec l'amour la vie est moins austère,
De tous les maux il est réparateur.
Ce chansonnier que la France révère,
Chantant Lisette, a chanté son bonheur. (*bis.*)

Honneur, etc.

Lassé de souffrir et se taire,
Le peuple alors, ô mes enfants,
S'électrisant à son luth populaire,
N'eut qu'une voix pour répéter ses chants,
Et, l'arrachant des bras de sa Lisette,
La tyrannie eut pour lui des verrous,
Quand, dans les fers, il pleure, la grisette
L'oublie et change amour pur en bijoux. (*bis*).

Honneur, etc.

Ah ! ne détournez pas la tête,
L'indulgence ennoblit le cœur ;
Fille à quinze ans aime tant qu'on la fête,
Qu'elle est parfois victime de l'erreur.
Jeune et jolie, oh ! sa raison, peut-être,
Cédait alors à des sens éperdus !
Le temps pour tous à des leçons de maître,
Oui, mais le ciel compte si peu d'élus ! (*bis*).

Honneur, etc.

Arthur H... d'...

UN DIMANCHE D'OUVRIERS

AIR : *Allons Glycère.*

Allons, Poulette,
Fais ta toilette;
Menons enfin
Nos projets de plaisir à fin;
A la campagne,
Je t'accompagne,
En travailleurs
Profitons des instants meilleurs. *bis.*

Le temps faisait peur à Gribouille,
Mais ce matin le soleil luit;
Vois, le ciel bleu se débarbouille,
Sans plus tarder, fais comme lui;

Allons, Poulette, etc.

Le sort, à nos vœux moins rebelle,
Ouvre la saison des beaux jours.
Tâche un instant d'être plus belle,
Puisque tu ne l'es pas toujours.

Allons, Poulette, etc.

Par nos toilettes fabuleuses
Nous trouvant soudain transformés,
Pour recouvrir nos mains calleuses
Nous prendrons des gants parfumés.

Allons, Poulette, etc.

Ricanons de ceux qu'importune
Ce moyen de nous arranger;
Celui qui n'a pas de fortune
A bien le droit de tout manger.

Allons, Poulette, etc.

Nul plaisir n'est pareil au nôtre.
Fi des railleurs! nous moquant d'eux,
Un melon d'un bras, toi de l'autre,
Je vous promènerai tous deux:

Allons, Poulette, etc.

Puis, nous irons au bal champêtre;
Demain, si tout cela se fait,
Nous danserons encore peut-être...
Cette fois devant le buffet!

Allons, Poulette, etc.

HIPPOLYTE DEMANET.

LA CONSTANCE

Romance.

AIR : *Du fou de Tolède.*

Dans le hameau qu'alors habitait Rose,
Edwin restait.
Le pauvre Edwin y gagnait peu de chose,
Mais on l'aimait.
Auprès de Rose en vain gens d'importance
Offraient leur cœur,
Un peu d'amour vaut mieux que l'opulence
Pour le bonheur,
Oui, pour le bonheur.

Elle eût, dit-on, partagé l'indigence
De son amant;
Mais, las! son père à leur douce alliance
Ne consentant,
Edwin porta loin des rives de France
Tout son bonheur.
Un peu d'amour, etc.

Rempli d'espoir, il fut aux Indes même
Pour s'enrichir.
Quand on est jeune, et surtout quand on aime,
Peine est plaisir.
Rose implorait d'un Dieu bon la clémence
Avec ardeur.
Un peu d'amour, etc.

Durant six ans, pour supporter l'attente
Rose eut l'espoir;
En grand seigneur, près d'elle se présente
Edwin un soir;
Joyeux il voit que ne peut l'opulence
Tenter son cœur.
En l'embrassant, lui dit : Amour d'enfance
Fait le bonheur.
Un peu d'amour, etc.

A. H.

RAOUL LE MAUDIT

Air : *Giroflée au printemps.*

Dans un vieux manoir d'Aquitaine,
Du temps du roi Louis le saint,
Vivait en paix la gente Hélène
Et son père bon suzerain;
Elle avait aux Pâques dernières
Vu s'ouvrir ses seize printemps,
Sous les cils noirs de ses paupières
L'amour forgeait ses traits charmants.

Chasse le papillon,
Cueille la violette,
Mais fuis, ô bachelette,
Le traître Cupidon.

L'herbe, dans sa course rapide,
Ployait à peine sous ses pas,
Quand au bord du ruisseau limpide
Elle livrait de gais combats
A la solitaire phalène,
Ou que son doigt, pinceau si pur,
Attrapait sur la marjolaine
Le papillon couleur d'azur.
Chasse, etc.

Mire, ô candide peucelette
Dans les perles, pleurs que les cieux
Ont versés dans la pâquerette ;
Mire encore tes grands yeux bleus.
Dans les cheveux blancs de ton père
Glisse encor ta mignonne main;
Sur ses genoux, que ta voix claire
Chante encor d'un lai le refrain.
Chasse, etc.

Elle chantait, quand à la branche
L'hiver pendait ses diamants,
Et que déjà sa robe blanche
Couvrait l'herbe morte des champs...
Quand un soir une voix dolente,
Retentit au pont du castel,
Criant : Ame compatissante,
Ouvrez au pauvre ménestrel.
Chasse, etc.

On ouvre, il entre, et puis à table
Le baron reçoit l'inconnu.
Il paraît beau comme le diable,
Son œil lance un éclair aigu...
Il est jeune et blanc de visage,
Son front large est plein de fierté,
Mais par un terrible assemblage
On y lit la fatalité.
Chasse, etc.

Ainsi qu'une douce fauvette
Que fascine l'œil d'un serpent,
Depuis ce moment la pauvrette
Eprouve un inconnu tourment.
Elle veut échapper au charme
Des yeux brûlants du ménestrel,
Elle combat, mais en vain, l'arme
S'enfonce et porte un coup mortel !

Chasse, etc.

Inutile est la résistance,
Elle cède à son enchanteur,
Pour une éternelle souffrance,
Son innocence et son bonheur...
Mais bientôt cette fleur fanée
Mourut, la légende le dit;
Hélas ! elle s'était donnée
Au sire Raoul le maudit !

Chasse, etc.

F. Gozola.

LA FÊTE DU PAYS

Air : *Le gros Major me l'a dit.*

REFRAIN.

Lise, apprête pour ce soir
Ta robe en satin noir, *bis.*
Montre-toi coquette !...
Nous irons avec Jaillou
Et le petit Maclou *bis.*
Visiter la fête.
La fête du pays
Vaut bien celle de Paris.
Nous boirons, nous rirons
Et nous danserons.

Nous irons voir tour à tour
Les hercules, les sauvages,
Le pélican, le vautour
Et les singes dans leurs cages;
L'âne qui donne du cor,
Le nègre à la cire anglaise;
Et le perroquet ténor
Qui chante la Marseillaise. Refrain.

Je veux, belle Jeanneton,
Reine de toutes les reines,
T'offrir un beau mirliton,
Car je te dois tes étrennes.
Je veux aussi t'acheter
Un morceau de pain d'épice
Pour que tu puisses brouter
Pendant le feu d'artifice. Refrain.

Ensuite nous souperons
Pour nous rendre plus ingambes;
Et puis au bal nous irons
Faire manœuvrer nos jambes.
Nous danserons tous les deux
La première contredanse;
Nous ferons des envieux,
J'en suis convaincu d'avance. Refrain.

Vers une heure après midi,
Heure au plaisir très-propice,
Nous porterons du biscuit
Chez ta mère de nourrice.
De la fête qui soudain
Au plaisir nous encourage,
Nous emporterons demain
Le souvenir au village. Refrain.

Si nous trouvons un chanteur
Qui chante les amourettes,
Pour les répéter en chœur
Nous prendrons ses chansonnettes.

Les refrains sont des leçons,
Et pour l'homme qui sait vivre
Un bon recueil de chansons
Vaut bien mieux qu'un mauvais livre.
Refrain.

J.-A. Sénéchal.

RONDE BACHIQUE

Air : *Du carillon de Dunkerque.*

A boire, à boire, à boire !
Bannissons l'humeur noire !
Tel est le gai refrain
Qui doit tous nous mettre en train.

Pour terminer la fête
Qu'ici chacun s'apprête
A présenter ses vœux
Au plus joyeux des dieux;
Bacchus, c'est à ta gloire
Qu'à l'instant je vais boire.

A boire, etc.

De ta morale aimable
Le code respectable
N'offre point à mes yeux
Des articles nombreux.
Le seul obligatoire
Nous ordonne de boire.

A boire, etc.

J'irais, je vous le jure,
Sans ennui, sans murmure,
A la messe, au sermon

D'un pasteur bon luron,
Qui pour préparatoire
Dirait à l'auditoire :

A boire, etc.

Dénicheurs de planettes,
Calculez des comètes
La marche et les progrès.
Heureux à moins de frais,
La cave de Grégoire
Est mon observatoire.

A boire, etc.

Loin de suivre à la piste
Un savant mnémoniste,
De son art, entre nous,
Je ne suis point jaloux;
Je me souviens de boire,
C'est assez de mémoire.

A boire, etc.

Des créanciers l'escorte
Sonne-t-elle à ma porte,
Je la mène au cellier;
Et bientôt chaque huissier,
Jetant son écritoire,
Chante à tour de mâchoire,

A boire, etc.

Je veux, lorsque la Parque
Me montrera la barque
Qui conduit chez Pluton,
Chanter au vieux Caron,
En passant l'onde noire,
Cette chanson à boire :

A boire, etc.

LA BONNE SOEUR

AIR : *De Lantara.*

Séchons nos pleurs, bon petit frère,
Dieu ne nous délaissera pas,
Et du ciel notre sainte mère
Sur terre guidera nos pas.
La route est dure, et si tendre est ton âge !
Couche ton front endormi sur mon cœur.
Pour tous les deux j'aurai force et courage,
Dors ! sur toi veillera ta sœur.

O mon bon ange, étends tes ailes
Sur les yeux d'un frère chéri,
Qu'un instant ses peines cruelles
S'effacent sous son saint abri.
Pauvre orphelin, je deviendrai ta mère,
Oh ! sois heureux, j'accepte le malheur,
Oui, je serai ton appui tutélaire,
Dors, sur toi veillera ta sœur.

Dans ton sommeil quel est ce rêve
Qui te trouble et te fait gémir?
Ta douleur n'a donc plus de trêve ?
Si jeune, ô mon Dieu! tant souffrir !
Mère, à ton fils de la voûte éthérée,
D'un plus doux songe inspire-lui l'erreur,
Envoie la force à ta fille éplorée,
Pour que sur lui veille sa sœur.

Eh quoi! déjà tu te réveilles
Et tu me tends tes petits bras;
Je vois sur tes lèvres vermeilles
Errer un premier ris. Hélas !
Merci, merci, divine Providence,
Ton baume enfin versé sur cette fleur
La fait renaître à la douce espérance,
Oh ! souris encore à ta sœur. F. GOZOLA.

LE VAUDEVILLE.

Air : Du vaudeville de M. Scarron.

REFRAIN.

Célébrez, célébrez le gai vaudeville
Et que le flon, flon.
Vous rappelle Favart, Piron ;
Leurs refrains amusaient la ville ;
Que votre Apollon.
Vous guide sur le même ton.

Favoris des neufs pucelles,
Et disciple de Comus,
Pour mieux vous rapprocher d'elles,
Vous interrogez Bacchus
Les bords charmants du Permesse
Vous offrent mille douceurs,
Chacun de vous s'empresse
D'y cueillir quelques fleurs.
Célébrez, etc.

Vrais enfants de la folie,
Combien j'aime vos chansons ;
C'est pour l'aimable saillie
Que vous quittez les tançons ;
Et de l'amoureux langage
Si vous narguez les fadeurs,
L'amitié moins volage
Vous offre ses faveurs.
Célébrez, etc.

Amour, en vain tu t'abuses,
Je saurai braver tes traits,
Avec Bacchus et les Muses
Je veux vivre désormais,
Le Champagne est l'hippocrène
J'en remplirai mon flacon,
Pour alléger la peine

De gravir l'hélicon.
Célébrez, etc.

De l'indiscrète Pandore (1)
Je ressens trop les effets ;
Mais, je m'en console encore,
En rimant quelques couplets,
Dans le sens ou la cadence
Si je cloche assez souvent,
Quelque peu d'indulgence,
Je suis clopin, clopan.
Célébrez, etc.

Feu LEPEINTRE Jeune.
Artiste dramatique.

(1) L'auteur était attaqué de la goutte.

REINE DES FLEURS

AIR : *De l'Angelus.*

Fraiche rose, ô reine des fleurs !
Touchante image de la vie,
Quel tendre éclat ont tes couleurs !
Combien la vue en est ravie ! *bis.*
Dès demain, je veux te cueillir,
Mais tu n'y seras plus... peut-être !
Ainsi, pour nous meurt le plaisir,
Lorsqu'il vient à peine de naître !

Déjà ce bouton délicat,
Que ta molle tige balance,
Laisse entrevoir son incarnat,
Comme un sourire d'espérance,

En s'ouvrant, qu'il promet d'odeur!
Mais il n'éclora pas... peut-être!
Ainsi nous manquons le bonheur
A l'instant qu'il nous semble naître!

Jusque dans ces dards menaçants,
Fiers défenseurs de ta parure,
Ton aspect retrace à nos sens
Une morale douce et pure. *bis.*
Ne dit-il pas : « Songez toujours
« Que le chagrin peut apparaître,
« Et ne perdez pas les beaux jours
« Avant de les avoir vus naître. »

LES REFRAINS POT POURRI)

PROJET DE CHANSON

AIR : *De la ronde de la famille indigente.*

Je voulais faire une chanson,
Accoucher d'une œuvre nouvelle,
  Donner une bonne leçon,
Ou me venger de quelque belle;
  Mais, malgré mon désir,
  J'eus beau chercher, choisir,
  Refrain piquant et leste,
Armand (1) a su tous les saisir,
  Après lui s'il en reste.

AIR : *Faisons à tous défense expresse.*

Je voulais dire à Nanine
Combien d'amants furent heureux;
Comment sur sa coquette mine
On lisait : J'accepte vos vœux.

(1) Armand Gouffé.

Stupide et lourd comme une enclume,
Je ne trouvai rien de plaisant;
Mais je me consolai pourtant,
Car une fois n'est pas coutume.

Air : *Femmes voulez-vous éprouver.*

Je voulais d'un jeune gascon
Vanter le sang-froid, les prouesses;
Faire rire de son bon ton,
Faire admirer ses gentillesses.
Mes esprits étaient endormis :
Ah ! dans circonstance pareille,
Daignez me plaindre, chers amis,
Autant vous en pend à l'oreille.

Air : *Avec vous sous le même toit.*

Des successeurs de Turcaret
Je voulais chanter la puissance;
Pour réussir dans mon projet,
Je rimais avec suffisance :
J'avais ébauché leur portrait;
Mais peignant leur haute naissance,
Je ne trouvai plus un seul trait ;
Honni pourtant qui mal y pense !

Air : *De la croisée.*

Je voulais des enfants de Mars
Chanter les conquêtes rapides,
Le fier descendant des Césars
Cédant à nos nombreux Alcides!
Pour les célébrer dignement
Ma lyre est faible et peu sonore;
Et je me dis en soupirant :
Il faut attendre encore.

Air : *Du pas redoublé.*

Je voulais chanter le bon vin,
N'ayant que du Surêne;

De ce breuvage le venin
A su glacer ma veine.
Mais lorsqu'il fa'ıdra qu'à mon tour
Je chante sans paresse,
Elle reviendra dans ce jour,
Sans que cela paraisse.

Ma foi, je ne savais comment,
Et c'est là ma coutume,
Je m'en retirerais, vraiment.
Lorsque j'ai pris ma plume,
J'écrivais sans nulle façon,
Ici je le confesse;
Pourtant j'ai fait une chanson,
Sans que cela paraisse.

JOSEPH HEPPLY.

AIMER SANS ESPOIR

Romance.

AIR : *Des préjugés du monde.*

Il fut des jours où des liens de fleurs
A mes désirs mêlaient ceux de ton âme;
Tu me jurais une amoureuse flamme,
Et je croyais à tes serments trompeurs,
Plus vite, hélas ! que ne passe l'aurore,
Ils sont passés ces fortunés moments !
Mais qu'un aveu t'apprenne mes tourments...
Tu n'aimes plus !... et moi je t'aime encore.

Reviendrez-vous, transports délicieux,
Qui dans ce temps naissiez d'un doux sourire ?
La volupté, du plus tendre délire
Lors s'échappait de nos sens amoureux !...

C'est à genoux qu'aujourd'hui je t'implore,
Toi qui jadis devinais mes souhaits...
Vois-tu mes pleurs?... Non, non, je l'oubliais...
Tu n'aimes plus!... etc.

Puisse ma voix pénétrer en ton cœur!
Y réveiller un soupir de tendresse!
Remplace au moins celle qui me délaisse
Pour l'espérance, image de bonheur!
Viens, ne crains pas le feu qui me dévore!
Que ton regard mette un terme à mes maux!..
Viens, je t'attends... Non, non, plus de repos!..
Tu n'aimes plus!... etc.

A. H.

JOCRISSE FRANC-MAÇON

Chanson de réception.

AIR : *Tenez, moi je suis un bon homme.*

Je ne puis rester chez personne,
Mes aventur' l'ont bien prouvé,
Et malgré le mal que je m'donne,
Je m'vois toujours sur le pavé;
Des maçons j'veux suivre la trace,
Et j'vous en dirai la raison :
Etant maçon, si je suis sans place,
J'pourrai m'bâtir une bonne maison.

Des apprentis d'ma connaissance
M'offrent d'm'apprendre à travailler;
Un jour ils ont la complaisance
De m'conduire à leur atelier;
Chemin faisant y m'font l'éloge
Des amusements de leur métier,

Puis y m'parlent d'entrer en loge,
J'crois qu'c'est pour parler au portier.

Ces malins (que le diable emporte),
Dans l'grand salon entrant tout d'go,
Y m'laissent tout seul à la porte ;
Moi j' reste-là comme un nigaud ;
Et puis dans ces tristes demeures,
Pour calmer mes sens éperdus,
J'trotte à grands pas pendant deux heures,
J'dis que v'là ben des pas perdus.

Un sournois vient m'saisir et j'entre
Dans un endroit terrible à voir,
C'est tout comme qui dirait un antre,
Où tout ce qui n'est pas blanc est noir.
Sur les uns j'aperçois des têtes,
Jarni ! c'est ça qui m'fait trembler !
C'est des têtes d'morts si bien faites,
Qu'all's ont vraiment l'air de parler.

Comm' je réfléchis dans c'te chambre,
Morgué v'là ben un autre tourment,
J'en tremble encor de chaque membre,
On m'dit qu'faut fair'mon testament.
Ah ! messieurs, j'n'ai pas besoin d'aide,
Pour vous bâcler c' testament-là !
J'n'avais rien, c'est tout ce que j'possède,
Vous en f'rez tout c'qui vous plaira.

Mon sournois m'dit qu'il faut le suivre,
Faut chercher si j'nai pas d'argent ;
J'conservais quéqu'argent en cuivre,
Y m'le prend d'un air obligeant.
S'rendant ensuite à la prière
Que j'li fais d'sortir de ces lieux,
Y m'dit : Tu vas voir la lumière,
Et m'flanque un mouchoir sur les yeux.

On conduit enfin l'pauvre Jocrisse,
En prenant maint et maint détour,
Dans un endroit où chaqu' novice
Ne voit qu'la nuit quand il fait jour :
On m'fait asseoir et puis l'on m'prie
D'boire d'un vin qu'on m'verse à foison,
Mais j'ai dans l'cœur une voix qui m'crie :
N'bois pas, Cadet, c'est de la poison.

J'aval' et j'dis : c'est une épreuve
Dont j'ne pourrai jamais rev'nir,
Mais on veut encore plus d'un' preuve,
De mon courage, avant d'finir ;
Pour me préparer à la s'conde,
Mon luron, fort comm' je n'sais quoi,
M'fait voyager autour du monde
Qu'était-là pour s'moquer d'moi.

J'demande à la fin qu'on m'enseigne
C'qui faut savoir pour êtr'maçon.
V'là qu'un docteur prétend qu'on m'saigne
Avant de m'donner un'leçon.
A ces mots tout mon sang se r'tire,
Je dis au saigneur importun :
N'saignez pas, mon air doit vous dire
Que je n'ai pas le sang commun.

Pour épargner les cœurs sensibles,
Moi je n'veux pas vous raconter
Les supplices vraiment terribles
Que j'eus encor à supporter.
Près d'moi l'on fait un bruit du diable
L'on soufflait l'feu, l'on r'muait des fers,
J'ai cru dans ce trouble effroyable
Jouer tout d'bon Jocrisse aux enfers.

Allons, prépare ta paupière,
Dit l'président qu'était un vieux,
Tu vas enfin voir la lumière,

Tout d'suite on me découvre les yeux.
J'éprouvais des terreurs nouvelles,
C'mot d'lumière m'avait frappé,
V'là qu'on m'fait voir trente-six chandelles,
Ainsi l'on ne m'a pas trompé.

Ensuite on va se mettre à table,
Oh! pour le coup j'dis, v'là l'bouquet!
Le président d'un air vénérable
M'invite à m'asseoir au banquet.
Et, par malice, on accompagne
Ce festin vraiment merveilleux
De canons bourrés en Champagne
Pour mieux jeter de la poudre aux yeux.

On m'avait dit qu'dans cette salle,
J'allais encor êtr' maltraité,
Mais j'vois qu'c'était de la cabale,
Car l'on y boit à ma santé.
Au lieu d'avaler des couleuvres,
J'bois d'un vin sans fair' de façons,
Et j'veux, en dépit des manœuvres,
Boire à la santé des maçons.

J.-A. Sénéchal.

LA MARÉE MONTANTE

Mélodie maritime.

Air : *Du son du cor de M. Gallet.*

Sœur, vois, déjà la plage
Est loin de nous, hélas!
Mais tu souffres, je gage,
Aide-toi de mon bras.
Craignons, ma sœur Annette,
La marée en ce jour;
Notre mère inquiète
Attend notre retour.

REFRAIN.

Le flot, toujours,
Vois, ma petite,
Au loin s'agite, *bis.*
Doublant son cours,
Monte toujours, *bis.*
Toujours, *ter.*
Le flot monte toujours.

Sœur, vois l'onde écumante
S'abîmer sous nos yeux,
La vague mugissante
S'élever jusqu'aux cieux ;
Sous nos pas le sol tremble,
Ah ! cesse de pleurer ;
Viens, franchissons ensemble
Les parois du rocher.

Le flot, etc.

Faisons notre prière,
Dit-il, le danger fuit.
Mais tout à coup la pierre
S'est brisée avec bruit;
Leurs pieds cédant, ils glissent
Sur des brisants aigus ;
Là, tous leurs maux finissent,
Ils ne souffriront plus.

Le flot toujours,
Que rien n'évite,
Au loin s'agite, *bis.*
Doublant son cours,
Monte toujours, *bis.*
Toujours, *ter.*
Le flot monte toujours.

A. H.

MA VOISINE AUX CHEVEUX D'OR

Air de *la Jeune Fille à l'éventail.*

Sur le carré de ma chambrette
Loge un démon, un vrai lutin,
Bien pis encore, une fillette,
Aux cheveux d'or, à l'œil mutin.
Lorsqu'elle entr'ouvre sa fenêtre,
Mon cœur palpite malgré moi.
Pourtant, avant de la connaître,
J'étais plus heureux, sur ma foi!

Oui, mon cœur bat quand son œil brille;
C'est une perle, un vrai trésor.
Mon Dieu! mon Dieu! qu'elle est gentille
La jeune fille aux cheveux d'or!

Avec l'aurore elle se lève,
Elle travaille tout le jour;
Je la vois comme dans un rêve :
Sa vue augmente mon amour!
Son aiguille, vive et légère,
Passe et repasse jusqu'au soir;
Quand la nuit vient, à l'ouvrière
Je dis bien bas : Ange, au revoir!

Oui, mon cœur bat, etc.

Ma voisine est, dit-on, très-sage;
Elle rit de sa pauvreté;
Du ciel elle obtint en partage
L'insouciance et la gaieté.

Si tu voulais, ô blondinette,
Avec mon nom garder mon cœur,
Je régnerais dans ta chambrette,
Calme asile du vrai bonheur.

Oui, mon cœur bat, etc.

EUGÈNE DOUIN.

PROMETTRE ET TENIR SONT DEUX

AIR : *Et ma mère, est-ce que j'sais ça?*

Rimailleur de chansonnettes,
Vous aviez pourtant promis
De laisser là ces sornettes,
Me disaient quelques amis.
J'ai promis, je le confesse,
Mais vraiment il est douteux
Que je tienne ma promesse :
Promettre et tenir sont deux.

Lisette, qui sait nous plaire,
Accepte Paul pour amant;
Elle était vive et légère;
Il était tendre et galant.
Lise fit d'être fidèle
Serment à son amoureux,
Mais un Crésus vit la belle...
Promettre et tenir sont deux.

Un buveur à rouge trogne
Tombe un jour dans le ruisseau,
Non, dit-il, plus de Bourgogne,
Je ne boirai que de l'eau,
Un ami vient, le réveille,
Et bientôt ils vont, joyeux,
Boire encore une bouteille.
Promettre et tenir sont deux.

Un écrivain qu'on renomme
S'offrit à des électeurs,
Promettant, pour qu'on le nomme,
De mépriser les faveurs.
Il arrive, et, comme un cuistre,
Malgré ses discours pompeux,
Il se fait nommer ministre;
Promettre et tenir sont deux.

Je dois à Dieu, puis au diable,
Et souvent mes créanciers,
D'une humeur impitoyable,
Me réclament leurs deniers ;
Je leur donne l'assurance
Que mon gain sera pour eux,
Mais il est mangé d'avance;
Promettre et tenir sont deux.

Promettre est chez nous d'usage,
Nous promettons en naissant;
L'enfant promet d'être sage,
L'amoureux d'être constant,
Enfin l'homme de finance
Promet d'être généreux;
Mais pour eux, en conscience,
Promettre et tenir sont deux.

L'auteur de cette bluette
S'était promis bien souvent
De travailler en poète,
Pour vous montrer son talent;
Mais par ces couplets peut-être,
Allez-vous dire, messieurs,
Que ce n'est rien de promettre,
Promettre et tenir sont deux.

JOSEPH GOIZET.

YWONNE ET MARIE

OU

LE RETOUR EN BRETAGNE

Musique d'Aristide de la Tour.

REFRAIN.

Ywonne, Ywonne,
Au loin, vois-tu, là-bas, là-bas,
C'est là qu'est la Bretagne,
C'est le ciel du pays!
Tra la, la, la, la, tra, la, la. *bis.*

En quittant notre village,
Nous pleurons, bonne sœur,
Quand d'un pénible voyage
Nous affrontons la douleur...
Sur sa tombe, notre mère
Nous verra, dans un instant,
Pour elle faire une prière ;
Là, notre devoir nous attend!
Marchons! marchons!

Ywonne, etc.

Le soleil qui nous éclaire
Va se cacher à nos yeux,
Bientôt le deuil de la terre
Doit se répandre en tous lieux;
Ywonne, un peu de courage,
Dans peu nous arriverons;
Au terme de ce voyage,
Nos parents nous bénirons.
Marchons! marchons!

Ywonne, etc.

Au bout de cette vallée,
Aux lieux où toujours coula,
Par le torrent appelée,
L'eau tombant du ciel, c'est là;
Oui, c'est là notre chaumine,
Souvenir cher à nos cœurs,
Où le soir, sur la colline,
Dansent nos gais moissonneurs!

Ywonne, Ywonne, écoute au loin chanter là-bas,
A Jeannic, notre frère,
La chanson du pays :
Tra la, la, la, la, tra la, la. *bis.*

LEQUEL CROIRE

Air : *De Caleb.*

Deux amis font ma compagnie,
Je les vois, et matin et soir;
De tous deux mon âme est ravie,
Mais l'un dit blanc, l'autre dit noir.
Si je veux chanter, rire ou boire,
Je ne les vois jamais d'accord :
C'est bien, dit l'un; l'autre, il a tort.
Lequel des deux me faut-il croire?

Prenez femme, me dit Valère;
Melcour me dit, n'en faites rien.
— L'image du bonheur sur terre
Repose dans un doux lien.
— Croyez-moi, la chose est notoire,
L'hymen d'ennui nous fait périr :
Ma foi, moi, je crains de mourir.
Lequel, etc.

Pour ma santé faible et débile,
Consulterai-je un médecin ?
L'un vient me traiter d'imbécile,
Et l'autre approuve mon dessein.
On me trouble ainsi la mémoire,
Je crains, j'espère tour à tour ;
Ah ! daignez m'apprendre en ce jour
Lequel, etc.

Araminthe a donc su me plaire ;
Vous triomphez de vos rivaux !
Mon amitié sera sincère ;
Que vous vous préparez de maux !
— Grand Dieu ! quelle malice noire,
Craignez, fuyez cet imposteur :
D'Araminthe il visait au cœur...
Lequel, etc.

Depuis deux ans, dans ma famille,
On voit un éternel procès ;
On cause, on jase, et l'on babille
Sur un bon ou mauvais succès.
L'un me dit que, grâce au grimoire,
Jamais je n'en verrai la fin ;
L'autre, qu'il cessera demain.
Lequel, etc.

L'un vient me vanter Alexandre,
Ou Germanicus, ou César ;
Et si je me borne à l'entendre,
Tous les guerriers suivent leur char.
Mais du héros de notre histoire
L'autre me chante les exploits,
Et je sais très-bien cette fois
Lequel, etc.

Sur une mince chansonnette
Si je veux avoir un avis,
L'un me dira qu'elle est parfaite,

Et l'autre qu'il n'est rien de pis.
Je compte sur mon auditoire,
Qui, me pardonnant mon travers,
Voudra me dire sur mes vers
Lequel, etc.

J.-A. Sénéchal.

LA FÉE ESPÉRANCE

Air : *Du curé de Meudon*

Un jour, en songe, une charmante fée
M'est apparue (ah! d'autres la verront);
De fils d'argent elle s'était coiffée,
De blanches fleurs s'agitaient sur son front;
A sa baguette, insigne de puissance,
Des diamants brillaient par les deux bouts;
Elle me dit : Je me nomme Espérance,
Mariez-vous, enfants, mariez-vous.

Mariez-vous, car si l'homme a la force,
La femme sait adoucir bien des maux.
Voyez ce chêne, autour de son écorce
Un faible lierre a roulé ses rameaux,
Ils passeront ainsi leur vie entière,
L'un soutient l'autre... Entre deux bons époux,
L'homme est le chêne et la femme est le lierre.
Mariez-vous, enfants, mariez-vous.

Mariez-vous, l'amour en vos yeux brille
Et l'avenir parle si bien au cœur,
Peut-être un jour aurez-vous une fille
Pour remplacer George Sand ou Mercœur (1).

(1) Elisa Mercœur, jeune fille poète, d'un grand talent, morte d'amour à 19 ans.

Peut-être un fils artiste de génie...
Quand les brebis sont en danger des loups,
Il faut des fils pour aimer la patrie !
Mariez-vous, enfants, mariez-vous.

Adieu, je pars, et je vous abandonne,
J'ai bien tardé, sans doute on me chercha ;
Tenez enfants, prenez cette couronne
Que sur mon front le destin attacha.
Pour faire fuir le chagrin, la souffrance,
Sur le chemin que nous parcourons tous
Vite effeuillez les fleurs de l'Espérance,
Mariez-vous, enfants, mariez-vous.

GUSTAVE LEROY.

ESPOIR ET MÉDIOCRITÉ

Musique de M. Jousse.

Au sein de l'humide élément,
Cher ami, le pilote sage
Evite et craint également
La haute mer et le rivage :
Ainsi la médiocrité,
Entre l'orgueilleuse opulence
Et la dure nécessité
Nous conduit avec assurance
Au port de la félicité.

Persévérance ! en dépit d'un ciel noir
Le nautonnier sait conserver l'espoir.

Les pins les plus audacieux
Aux aquilons sont plus en butte ;
Des tours qui menacent les cieux
Plus prompte et plus lourde est la chute ;

Souvent des plus sourcilleux monts
La foudre atteint les fronts superbes;
Mais aussi dans leurs lits profonds
Les torrents entraînent les herbes
Qui rampent au fond des vallons.

Persévérons! etc.

Le sage dans l'adversité
Attend un destin plus prospère;
Du sort, dans la prospérité,
Il craint l'inconstance ordinaire.
Si, m'opposant son front d'airain,
Aujourd'hui le malheur m'assiége,
Peut-être il me fuira demain;
Le Dieu qui nous souffle la neige
Nous donne aussi le temps serein.

Persévérons! etc.

Lorsque ton vaisseau sur la mer
Sera tourmenté par l'orage,
Dans ces moments il faut t'armer
Et de constance et de courage;
Mais s'il suit un cours régulier
Sous un ciel parsemé d'étoiles,
Garde-toi de t'y confier;
Quand le vent enfle trop les voiles,
Il est prudent de les plier.

Persévérons! etc.

UNE FÊTE AUX ENFERS

ou

YWAN LE DAMNÉ

Chant diabolique.

AIR : *Du fou de Tolède.*

C'est aujourd'hui la fête au noir empire,
A dit Satan;
Le roi des cieux vient enfin de maudire
Le comte Ywan.
Par ces forfaits, en ces lieux il arrive
Non pardonné;
De l'Achéron il suit la sombre rive,
Dieu l'a damné,
Oui, Dieu l'a damné.

Du vieux Caron il descend de la barque,
Bon, le voici;
Approche Ywan, dit l'infernal monarque,
Approche ici!
Ton arrivée aux enfers est tardive;
Mais, condamné,
Raconte-nous ta vie adversative,
Dieu t'a damné,
Oui, Dieu t'a damné.

Apprenez donc, lutins, démons, fantômes,
Anges déchus,
Que mes aïeux des plus puissants royaumes
Etant infus,
Sur mes vassaux ma voix impérative
A fulminé;
Puis, alliant le meurtre à l'invective,
Dieu m'a damné,
Oui, Dieu m'a damné.

Je vis tomber la meilleure des mères
Sous mon poignard;
Ma soif de l'or fut fatale à mes frères,
Un peu plus tard;
Et les tenant, las! en expectative,
N'ai rien donné!
Ils ont aux cieux vision intuitive.
Dieu m'a damné,
Oui, Dieu m'a damné.

Semant le deuil dans plus d'une famille,
Incognito,
Souvent chez moi sanglot de jeune fille
Troubla l'écho.
Pour assouvir ma passion lascive,
J'ai suborné;
Nul n'eût osé délivrer ma captive.
Dieu m'a damné,
Oui, Dieu m'a damné.

Voilà, dit-il, toute ma vie entière.
Bien, dit Satan;
Tu dois ici des crimes faits sur terre
Répondre, Ywan.
Dans ce séjour l'existence est fictive;
Toi, forcené,
N'espère plus une vie unitive.
Dieu t'a damné,
Oui, Dieu t'a damné.

A. H.

LA CRINOLINE

Air : *Des coquilles.*

Gais disciples du vieux caveau,
Vous que la chanson affriole,
Pardonnez-moi si mon cerveau
Ose rêver la gaudriole.
Soyez indulgents aux couplets
Qui bravent votre discipline,
Et, pour que mes vœux soient complets,
Ne sifflez pas ma crinoline.

Crinoline, quel est ce mot?
A-t-il place au vocabulaire ?
Est-il français? est-il argot?
Ou tout simplement populaire ?
l'Institut, dans un de ses cours,
Nous donnera son origine ;
En attendant, chantons toujours
Les effets de la crinoline.

Chez nos marchands de nouveautés
On trouve des seins, des tournures,
Mille petites faussetés,
Mille petites impostures.
A côté du fichu trompeur
Est une hanche clandestine,
Et près du corset tentateur
Est un jupon de crinoline.

Du trottoirjusques au salon,
La femme à la démarche fière,
Compétitrice du ballon,
Ose singer la montgolfière ;
Grâce à cette innovation
Qui fait souffler la mousseline,
On cache l'imperfection
Sous des tissus de crinoline.

Le plastique est une beauté
Que le Français a méconnue;
Aussi quand dame Vérité
Aux humains se présente nue,
La femme rit de son pouvoir,
Et dit que sa glace décline.
Elle préfère le miroir
Qui reflète sa crinoline.

De Rose le corps délicat
Offrait une taille étriquée,
Son torse étique, grêle et plat,
Rendait sa tournure efflanquée;
Aujourd'hui tout a disparu,
On ne voit plus sa maigre échine,
Son corps maigrelet s'est accru
Par l'effet de la crinoline.

Ouissez, mes sœurs, ce que je dis,
S'écriait un homme en soutane,
La porte du saint Paradis
N'est qu'une étroite barbacane;
L'envergure de vos jupons
Pourra vous nuire, j'imagine,
Vous n'entrerez pas, j'en réponds,
Avec autant de crinoline.

Amis, je n'en finirais pas
De critiquer l'antinature;
Huit couplets sur de faux appas
Complètent ma nomenclature;
Ce fier produit, m'assure-t-on,
Vient de la race chevaline...
Puisqu'il détrône le coton,
Dira-t-on : porte-crinoline.

NÉRON PRAD[illegible].

LES FLEURS QUI SE FANENT

AIR : *Laissez reposer le tonnerre (E. Debraux).*

Femmes et fleurs, n'ont, hélas! qu'un printemps!
Sur cette terre il n'est rien de durable;
Oui, mes amis, tout passe avec le temps;
Cet arrêt du destin doit rester immuable,
Jeunes beautés, malgré votre âge d'or,
Vous ressemblez en tout à la liane :
Dès que souffle le vent du nord,
Voilà cette fleur qui se fane!

De l'oranger, la virginale fleur,
D'un dieu jaloux subit le dur caprice;
Lorsque par elle on goûte le bonheur,
Pourquoi, destin cruel, veux-tu qu'elle périsse?
Mais, sans pudeur bafouant la vertu,
On applaudit la vile courtisane...
Le vrai mérite est méconnu;
Encore une fleur qui se fane!

Telles, du sort, sont les injustes lois,
Tout ici-bas change à sa fantaisie;
Nous rendra-t-il ce bon temps d'autrefois
Où d'un divin éclat brillait la poésie,
Sublime fleur que souvent, en ce jour,
On voit cueillir par une main profane?
Chacun veut écrire à son tour :
Encore une fleur qui se fane.

CHANSON A BOIRE

AIR : *Toujours trinquer avec vous.*

A quoi sert d'être soucieux,
Chagrin, atrabilaire?
Que nous faut-il pour être heureux?
Boire, et boire à plein verre.
A-t-on des rivaux?
On charme ses maux,
On nargue sa bergère;
Les jeux, les désirs,
Les ris, les plaisirs,
Tout est dans la fougère.

Du boiteux époux de Vénus
Mars ombrageait la tête;
Cypris se rendit à Bacchus,
Elle fut sa conquête.
Savez-vous comment
De ce changement
Advint un jour l'histoire?
Au jus du raisin,
Le fait est certain,
Bacchus dut la victoire.

Auprès d'un vieillard ennuyeux,
Je crains son radotage :
Le vin l'a rendu radieux,
Il n'a plus le même âge,
Il est gai, content,
Il est amusant;
Son plaisir fait sourire :
Il est enchanté;
Près de la beauté
Son cœur encor soupire.

Le Français, après le combat,
Ne rêve que victoire.
Pour le chanter comme il se bat;
Pour célébrer sa gloire;
Pour, avec honneur,
Vanter sa valeur,
Choses très-difficiles,
Il faut, entre nous,
Boire autant de coups
Qu'il a conquis de villes.

Fatigué de ses longs travaux,
Voyez le misérable
Chercher un moment de repos :
Où court-il? c'est à table;
C'est au cabaret
Que d'un vin clairet
Buvant à toute outrance,
Noyant son chagrin,
Il a, grâce au vin,
Une heureuse existence.

Au cabaret, dit Philipon,
Plus n'est rien qui nous gêne.
On dépose au fond d'un flacon
Souci, chagrin et peine,
Pour charmer nos jours,
Chers amis, toujours
Suivons cette maxime :
Mangeons et buvons,
Buvons et chantons;
Est-ce là faire un crime?

JOSEPH HEPPLY.

L'OISEAU ENVOLÉ

AIR : *Fuis, âme blanche, etc.* (HÉGÉSIPPE MOREAU.)

Petit méchant, tu quittes ton amie,
Quoi ! rien n'a pu te fixer près de moi !
De mets friands ta cage était garnie,
A chaque instant je m'occupais de toi.
L'air manquait-il sous ce léger grillage?
N'avais-tu pas du soleil et des fleurs ?
N'était-il pas entouré de douceurs?
Ah ! si pour toi c'était de l'esclavage !
Reviens, petit, reviens, pourquoi me fuir? (*bis*)
A mon appel, hâte-toi d'accourir.

Hélas ! tu veux parcourir l'étendue;
Ton petit cœur a crié : Liberté !
Tu veux tenter une route inconnue,
Fier d'échapper à la captivité.
Déjà perché sur la branche du chêne,
Tu frappes l'air de tes accents joyeux;
En gazouillant tu me fais tes adieux
Et fuis, ingrat, sans penser à ma peine.
Reviens, etc.

Eh bien ! va-t-en ! oh non, le chat te guette,
Pauvre petit, reviens auprès de moi;
Tu ne vois pas sa griffe qu'il apprête,
Ton ennemi va s'élancer sur toi.
Ce soir, hélas ! de ton charmant plumage,
Je trouverais quelques sanglants débris;
Puisque pour toi la vie est à ce prix,
Résigne-toi, viens rentrer dans ta cage.
Reviens, etc.

ZÉNAIDE B...

DÉCEPTIONS

Chanson

AIR : *D'Aristipe.*

Sans trop savoir pourquoi dame nature
Nous a jetés dans ce monde ennuyeux,
Nous végétons, errant à l'aventure,
Tantôt heureux et tantôt malheureux.
Pauvres piétons, battus par maint orage,
Ronces et fleurs surgissent sur nos pas!
Les jours, ainsi le dit un vieil adage,
Se suivent, mais ne se ressemblent pas. *bis.*

De quel côté penchera la balance?
Plateau du bien, dis, l'emporteras-tu?
Si tout est beau dans notre heureuse enfance,
Ah! c'est qu'encor nous n'avons pas vécu.
Comme tout change, alors que nous vient l'âge
Des passions, des luttes, des combats!
Les jours, etc.

La jeune fille, au matin de sa vie,
Qu'enorgueillit une foule d'amants,
Croit que la fête où sa beauté convie
Doit triompher des injures du temps:
Bientôt des ans l'irréparable outrage
Vient insulter à ses divins appas.
Les jours, etc.

Qui penserait à fixer la fortune?
Bien fou celui qui pourrait l'espérer:
De ses faveurs quand nous obtenons une,
N'en usons pas jusqu'à nous enivrer,
Souvent on crie après tel personnage,
Demain, *vivat!* le lendemain, *à bas!*
Les jours, etc.

L'homme géant couronné par la gloire,
Et dont la chute ébranla l'univers,
Après avoir de victoire en victoire
Volé quinze ans, eut un jour de revers;
La trahison, sur un rocher sauvage,
Ne rougit pas d'oser clouer son bras.
Les jours, etc.

Que faire donc, dans l'attente inquiète
D'un jour qui peut ne pas luire pour nous?
Avoir toujours la conscience nette,
Et s'apprêter pour le grand rendez-vous.
Qu'est-ce. en effet, que la vie? un voyage,
Au bout duquel on trouve le trépas.
Les jours, etc.

A. H.

PRÉDICTIONS POUR L'ANNÉE PROCHAINE

Pot-pourri.

AIR : *Jusque dans la moindre chose.*

L'heureuse métamorphose,
Qui se fera parmi nous!
Bientôt la raison dispose
De nos moments les plus doux,
Les discours seront moins lestes,
Et l'honneur sera leur loi.
Les Gascons seront modestes,
Les Normands de bonne foi.

AIR : *Lison dormait dans un bocage.*

Désormais on verra les filles
Danser au bal et rien de plus,

La décence dans les familles
Fera revivre les vertus,
Cessant enfin d'être coquette,
La maman se réformera;
Et le papa,
Et le papa,
En se mettant moins en goguette,
Et le papa,
Et le papa,
Enfin d'exemple prêchera.

AIR : *Du haut en bas.*

Dans sa maison
La dévote sans nul caprice,
Dans sa maison,
Ne sera plus un vrai démon;
Elle se rendra mieux justice,
Et bannira tout artifice
De sa maison.

AIR : *De Joconde.*

Les médecins seront savants,
Et les fraters habiles;
Les procureurs moins exigeants,
Les greffiers plus faciles ;
Les courtisans aussi bien qu'eux
Seront francs et sincères;
Les commis, moins avantageux,
Ne s'oublieront plus guères.

AIR : *Ne v'là t'il pas que j'aime.*

Nos Adonis ne feindront plus
Une tendresse extrême,
Et tout d'abord ils seront crus,
En disant je vous aime.
Nos jeunes beautés, à leur tour,
Laisseront voir leur âme.

Et n'auront jamais de détour
Pour l'objet de leur flamme.

AIR : *L'amant frivole et volage.*

La coquette, moins volage,
Ne feindra plus de l'ardeur ;
La prude, modeste et sage,
Sur la bouche aura le cœur.
Et la bergère indiscrète,
En dépit de sa maman,
N'ira plus au bois seulette
Causer avec son amant.

AIR : *Vous m'entendez bien.*

On ne verra plus, au brelan,
Un joueur affamé d'argent,
Chaque jour sur la brune,
Eh bien,
Corriger la fortune,
Vous m'entendez bien.

AIR : *Je suis un pauvre maréchal.*

Enfin, en dépit des railleurs,
Je vois régner les bonnes mœurs,
Je vois la vertu triomphante,
Et l'honneur rentrer dans ses droits,
Tandis que le vice aux abois
Tombe avec sa morgue insolente.
O Français, quel succès!
O Français! bon courage !
Consommez un si bel ouvrage.

AIR : *On dit qu'à quinze ans.*

Désormais l'acteur,
Loin de trancher du ton d'un prince,
Sans air protecteur,

Recevra le modeste auteur :
Chloé, qu'on vit si mince,
Dans son état, Chloé se souviendra,
Des sabots qu'en province
Jadis elle porta.
Et n'attendra pas,
Pour se corriger qu'on la pince,
Mais, dans ses ébats,
Montrera des goûts plus délicats.

AIR : *M. le prévôt des marchands.*

Et l'égoïsme et l'intérêt
Ne tiendront plus l'homme en arrêt;
Pour leur tendre un bras secourable,
Et verser les bienfaits sur eux,
Le Richard devenu traitable
Ira chercher les malheureux.

AIR : *Tous les bourgeois de Chartres.*

Dans un cercle de femmes,
On ne médira pas;
L'indulgence, à nos dames,
Prêtera des appas ;
Eh! quoi de plus charmant qu'une femme indulgente
Qui sait pallier à propos
De ses rivales les défauts,
Et craint d'être méchante !

Feu HALBERT (Honoré).

LE RÊVE D'UNE MÈRE

ou

LA GRACE DE L'EXILÉ

AIR : *Hirondelle, où vas-tu.*

Bien loin, sur un autre rivage,
Hélas! il rêvait au bonheur;
Il voyait la riante plage
Qu'il adorait de tout son cœur.
On venait de briser sa chaine,
Qui devait le faire mourir;
Mais son cœur n'avait plus de haine,
Il ne se sentait plus souffrir.
Le souverain, dans sa clémence,
De sa grâce a signé l'écrit,
Et d'ivresse, en voyant la France,
Pleurait le malheureux proscrit.

Alors, dans les bras de sa mère
L'enfant se hâte d'accourir.
Ah! disait-il, toi qui m'es chère,
Que de maux je t'ai fait souffrir!
C'est que le sang bout dans les veines,
Quand on est jeune ; et je l'étais.
Mes douleurs, souffrances et peines,
M'ont guéri, mère, à tout jamais.
Crois désormais à ma tendresse,
Car dans mon cœur il est écrit :
La France est la seule maîtresse
Qui pardonne au pauvre proscrit.

En le voyant, la pauvre femme,
S'écriait tout bas, en rêvant :
Merci, Dieu, tu m'as rendu l'âme

En me rendant mon cher enfant,
Le seul soutien de ma vieillesse;
Mon unique gage d'amour,
Le doux objet de ma tendresse,
Je le vois, il est de retour.
Du songe heureux qui la transporte
Quand la bonne mère sortit,
On frappe en criant à la porte ;
Mère, mère, ouvrez au proscrit.

J.-A. Sénéchal.

MA PHILOSOPHIE

Air : *Mes enfants, chantez, dansez (Béranger).*

Refrain.

Chers amis, trinquons, buvons,
Courage,
Faisons du tapage,
Et tous en chœur répétons :
Buvons, trinquons, buvons.

Nargue des soucis et des veilles,
Foin des méchants et des jaloux !
Sans compter vidons nos bouteilles,
Au bruit de leurs joyeux glouglous.
Fuyons la politique,
Cause de nos chagrins,
D'un franc couplet bachique
Préférons le refrain,

Chers amis, etc.

Savourons ces vins délectables,
Caressons ces charmants minois,

Ces doux plaisirs sont préférables
A tous ceux que goûtent les rois.
Allons, filles jolies,
Fauvettes de salon,
Imitez nos folies,
Chantez à l'unisson.

Chers amis, etc.

Amis, l'étiquette nous gêne,
Entre nous ne nous gênons pas,
Des femmes n'acceptons la chaîne
Que celle que nous font leurs bras;
Si Vénus est frivole,
Bacchus nous est constant,
Nous perdons une folle,
Chantons bien plus gaîment.

Chers amis, etc.

Laissons amasser sur nos têtes
Les orages et les autans,
De buveurs jamais les tempêtes
N'ont arrêté les joyeux chants.
Le grand craint le tonnerre,
Petits, que craignons-nous?
Rions tous, car le verre
Nous sauve de ses coups.

Chers amis, etc.

Je me souviens qu'un jour ma lyre,
Ayant pris un trop haut essor,
Je chantais, mais que vais-je dire?
Je me tais, je crains, chut encor...
Ne fêtons que la table,
Le vin clair et sans eau,
Donnons le reste au diable
S'il veut bien du cadeau.

Chers amis, etc.

F. Gozola.

LE TABAC

Air : *De maître Adam.*

Aussitôt que la lumière,
Vient éclairer mon hamac,
Je commence ma carrière,
Par allumer mon tabac,
Je crois que chaque bouffée
Qui s'exhale vers le ciel
M'enivre de la fumée
De l'encens à l'Eternel.

Les parfums de l'Arabie,
Que vante plus d'un savant,
Ont bien moins de poésie
Que le tabac du Levant;
Son arome est le Pégase
Qui me porte jusqu'aux cieux,
C'est lui qui produit l'extase
Qui me rend l'égal des dieux.

Par lui, joyeux, je dissipe
Les soucis du lendemain;
Sitôt que s'éteint ma pipe,
Je la rallume soudain;
Quand un doux feu m'enlumine,
Je bois en la savourant;
Si le chagrin me domine,
Je lui tiens tête en fumant.

Si la mort frappe à ma porte,
Pour me rendre les honneurs,
Je veux avoir pour escorte
Un cortége de fumeurs.
En remplissant cette clause,
Je puis affronter Caron,
Et dans une apothéose
Débarquer à l'Achéron.

H. Benoist.

LE PAS

CHANSON SUR DEUX RIMES.

AIR : *Du bouffe et le tailleur.*

La rose au bouton cède
Le pas;
Vieillard à l'enfant cède
Le pas;
L'Hymen à l'amour cède
Le pas;
Et le poltron nous cède
Le pas.

Jamais Français ne cède
Le pas;
L'Etranger aussi lui cède
Le pas;
A femme aimable il cède
Le pas;
Mais pour vaincre il ne cède
Le pas.

Si la femme nous cède
Le pas;
A son caprice on cède
Le pas;
Il faut bien qu'on lui cède
Le pas,
Quand la fleur au fruit cède
Le pas.

Au désir, plaisir cède
Le pas;
Nature à la mort cède
Le pas;
Au fleuve, ruisseau cède
Le pas;
Le sot, au savant cède
Le pas.

Pour chanter, pinson cède
Le pas
Au serin, qui seul cède
Le pas
Au rossignol. qui cède
Le pas,
Au cygne, qui vous cède
Le pas.
A table je ne cède
Le pas;
Pour boire je ne cède
Le pas;
Pour rira je ne cède
Le pas;
Pour chanter... je vous cède
Le pas.

LES DEUX FRÈRES SAVOYARDS.

AIR : *De la sonnette du diable.*

Au sol de notre enfance
Nous voici de retour,
Après dix ans d'absence;
Salut à ce beau jour !
Mais quel trouble secret t'agite,
Mon bon Pierre, ah! dis-moi;
Bien que ton cœur palpite,
Tu n'es pas joyeux, toi? la, la, la,
Marchons, marchons,
Frère, pressons le pas,
Marchons,
La montagne est là-bas! la, la, la. *bis.*

N'as-tu pas souvenance
Des plaisirs du hameau,
Des refrains, de la danse,
Au son du chalumeau?
Mais ton regard cherche autre chose,

Revoyant notre pays,
J'en devine la cause;
Tu regrettes Paris! la, la, la.
Marchons, etc.

Ah! quelle différence
Entre nous aujourd'hui!
Tu souffres en silence
Quand je nargue l'ennui.
Lorsqu'ici Dieu nous ramène,
Le chagrin trouble tes sens;
Au loin bannis la peine,
L'on vit heureux aux champs, la, la, la.
Marchons, etc.

A. H.

LES QUATRE AGES DE L'AMOUR

Air : *Du péché par ignorance.*

Souffrir, désirer chaque jour,
Languir aux pieds de sa maîtresse;
Espérer, craindre tour à tour,
La contempler avec ivresse,
Presser le pied, serrer la main,
Ne rien exiger davantage :
Au loin apercevoir l'hymen,
C'est l'amour au printemps de l'âge

Il arrive un jour enchanteur,
Où l'on entrevoit l'espérance
De goûter le parfait bonheur;
On en jouit même d'avance
Lorsque l'on tient entre ses bras
Maîtresse douce, aimable et sage :

Ah! combien ce jour a d'appas!
C'est l'amour dans l'été de l'âge.

Une heureuse fécondité
Vient doubler encor la tendresse :
Alors on prise l'amitié,
Et l'amour même la caresse.
On retrouve dans ses enfants,
De l'objet qu'on chérit, l'image,
On conduit, par les sentiments,
L'amour à l'automne de l'âge.

Lorsque le temps plane sur nous,
Lorsqu'on voit sa faux meurtrière
Prête à nous frapper de ses coups,
Regardons alors en arrière :
S'il n'existe plus de désir,
En allant vers la sombre plage,
On jouit par le souvenir :
C'est l'amour dans l'hiver de l'âge.

ZÉNAIDE B.

MORGANE ET KERMEL

Ballade bretonne.

AIR : *Notre-Dame de Mont-Carmel.*

Jadis dans la vieille Armorique
Régnait Grallon nommé le Grand;
Il n'avait qu'une fille unique,
Morgane, délirante enfant;
Son œil bleu sous son arc d'ébène
Était si beau qu'on lui donna
Ainsi qu'à la Vénus Germaine
Le surnom charmant de Fréia. Bis.

Brûlés d'une flammé amoureuse,
Beaux damoiseaux, barons et rois,
Pour cette beauté merveilleuse
Inventaient fêtes et tournois;
Mais de la belle indifférente,
Comme un diamant sans chaleur,
Fêtes, tournois ou doux sirvente,
Rien n'avait pu toucher le cœur. *bis.*

En chevauchant à la nuitée,
Tout près des murs de Ploërmel,
A l'ombre d'un chêne abritée
Un soir elle aperçut Kermel.
Kermel, seigneur de haute mine,
Vaillant guerrier d'un grand renom,
D'hier venu de Palestine,
C'était l'ennemi de Grallon. *bis.*

En voyant cette beauté fière
Il se trouble et s'émeut, soudain
Ployant un genou vers la terre,
Il s'approche et baise sa main;
De leurs regards un trait de flamme
S'échappe, les atteint au cœur,
Et Morgane la froide dame,
Morgane a trouvé son vainqueur. *bis.*

Pâle, la lèvre demi-close,
Comme un frais et tendre bouton
Cède au zéphyr et devient rose,
Cède la fille de Grallon.
Bientôt sous les baisers flétrie,
Trahissant son père mourant,
L'ingrate livre sa patrie
Et la couronne à son amant. *bis.*

Mais Dieu, pour punir un tel crime,
Déchaîna les flots furieux;
Sous leurs pas creusant un abîme,

Il les engloutit tous les deux.
On entend depuis, quand l'orage
Souffle et mugit sur Ploërmel,
Parmi des pleurs un cri sauvage
Poussé par Morgane et Kermel. *bis.*

F. Gozola.

VEUX-TU BOIRE UN CANON

Air : *Je n'donn' pas aux faigneants.*

Je rentrais dans ma mansarde,
Venant, comme toujours,
D'échouer au concours.
En fumant ma bouffarde,
Je cherchais un sujet
Propre à faire de l'effet.
A mon voisin je m'explique,
A travers la cloison ;
Il m'envoie pour réplique :
— Veux-tu boire un canon ?

Ma femme de ménage,
Devinant le motif
Qui me rendait pensif,
Me dit : Vite au passage,
Saisissez ce refrain :
L'effet en est certain
Aussi ma luronne,
Sur un faux diapason,
En nasillant m'fredonne :
Veux-tu boire un canon.

De bonnes comédies
Je suis chaud partisan,
Mais je n'vais pas souvent

Voir toutes ces rapsodies,
Dont quatre ou cinq auteurs
Sont collaborateurs;
Je dis au plagiaire
Qui, prenant le haut ton
Croit éclipser Molière:
Veux-tu boire un canon?

L'plain-chant de la liturgie
A fait place, aux lutrins,
A de profanes refrains.
La nouvelle harmonie
Succède heureusement
Au rustique serpent;
Bien que ce chant me plaise,
J'réponds en faux bourdon
A qui me d'mand' ma chaise:
Veux-tu boire un canon?

A la docte assemblée,
J'eus l'malheur d'écouter
Ces messieurs discuter.
Près du verr' d'eau sucrée,
Surgit maint orateur
Eloquent, plein d'ardeur;
Je connais ces personnages,
Dis-je à mon compagnon;
Ils vont nous lir' cent pages...
Veux-tu boire un canon?

On voit à la goguette
Bien des originaux,
Qui viennent faire les beaux.
L'un braill' la chansonnette,
L'autre à son tour croira
Enfoncer l'Opéra.
Bien loin qu tout ça m'enchante,
Moi, je me dis sans façon:
Bon! c'est un tel qui chante:
Allons boire un canon?

H. BENOIST

L'OMBRE DE MARIE

Romance.

AIR : *Du petit bouton d'or (Alex. Pister).*

Pourquoi donc quand je sommeille
Viens-tu gracieux ?
Pourquoi donc quand je m'éveille
Fuis-tu vers les cieux ?
Ton visage a de Marie
La simple candeur,
Et d'un bel ange qui prie
Ta voix la douceur. *bis.*

Reste au ciel, ombre chérie,
Reste auprès de Dieu,
Ou sur mon cœur prends la vie
En baisers de feu.
Toujours dans ma folle ivresse
Je vois ce bonheur,
Et je n'embrasse sans cesse
Qu'un vide moqueur. *bis.*

Fuis, image vaporeuse,
Sylphe rose et blanc,
Vision douce, trompeuse,
Fuis, être charmant.
Pourquoi d'une vaine flamme
Embraser mon cœur,
Puisque tu n'as d'une femme
Qu'un masque enchanteur. *bis.*

Mais ne crois pas mon délire,
Oh ! reviens encor,
Ne plus te voir me sourire,
J'aime mieux la mort.

Conserve tes blanches ailes,
Quitte chaque soir
Les phalanges immortelles,
Oh! reviens me voir. *bis.*

F. Gozola.

LA DIFFICULTÉ D'ÊTRE DEUX

Air : *Du petit matelot.*

Je hais le tumulte et le faste,
Sans fuir ni les ris, ni les jeux;
Où l'on est trois vient le contraste :
Vive le bonheur d'être deux!
Près de femme aimable et jolie,
On rit, on jase, on est heureux;
Mais souvent amour et folie
Ne veulent pas nous laisser deux.

De l'amitié la douce chaîne
Peut encore embellir nos jours,
Lorsque de sa faux inhumaine
Le malheur nous montre le cours.
Deux amis ont même existence,
Mêmes sentiments pour chacun;
On ne peut être deux, je pense,
Lorsque deux ne forment plus qu'un.

Lise des grâces du jeune âge
A tout le charme séducteur,
Lise aime et pourtant Lise est sage,
Heureux qui peut prendre un tel cœur!
Alors le bonheur de la vie
Est de se croire seul heureux;

La jalousie a pour amie
La difficulté d'être deux.

Sur les ailes de la victoire,
Pour prix de leurs nombreux travaux,
On voit au temple de mémoire
La gloire admettre les héros.
Le temps élargit le passage
Que remplit un concours nombreux,
Et jamais les Français, je gage,
Ne s'y rencontreront que deux.

Si de ma muse encor novice
Vous applaudissez quelques traits,
Ne m'appliquez pas par malice
Le *vers* refrain de mes couplets.
Unissez, pour ma récompense,
Des bravos d'amis généreux;
Faites, messieurs, que l'indulgence
Puisse vous trouver plus de deux.

J.-A. SÉNÉCHAL.

BAGATELLE

AIR : *Un homme pour faire un tableau*

Pour trouver un sujet nouveau,
Car de briller je suis avide,
Je fatigue en vain mon cerveau,
Mon intelligence est aride.
Un ami, plus que profond,
Puisque je suis sous sa tutelle,
Me regarde, rit et répond :
Tu veux un sujet?... Bagatelle!

Pour traiter ce sujet bâtard,
Faut-il donc beaucoup de scie
Qui dit bagatelle au hasard,
Dit un objet sans importance,
D'un orateur les beaux discours,
Ou les serments d'une infidèle,
Le tout se résume toujours
Par ce simple mot : Bagatelle !

Rappelez-vous bien le combat
De Mazagran, chose inouïe.
Un capitaine, bon soldat,
En parlant à sa compagnie,
Lui dit : « Fiez-vous à mes soins,
« Cent vingt-trois !... la partie est belle
« Contre douze mille Bédouins,
« Pour nous c'est une bagatelle ! »

Je possède un rare joyau,
Disait un Gascon téméraire,
De Guillaume Tell c'est l'anneau,
Je le tiens d'un vieil antiquaire,
Et, pour le montrer tour à tour,
Il le tirait d'une escarcelle;
Puis, par un affreux calembour
Criait : « Voyez la bagatelle ! »

H. Benoist.

HORTENSE LA ROSIÈRE

Air : *Des louis d'or.*

Tu me demandes, pauvre fille,
L'endroit où tu reçus le jour;

Tu veux connaître ta famille,
Toi qui n'es qu'un enfant d'amour.
Un jour, à l'ombre d'un feuillage,
Très-paisiblement, tu dormais;
Je regardais ton beau visage,
Puis hautement je m'écriai :
Quelle est l'infâme créature
Qui laisse là son innocent?
Tu t'éveillas, je te le jure,
Et tu pleurais amèrement.

Je te pris, et dans ma chaumière
Soudain l'on te démaillotta :
Hélas! sans maudire ta mère
Ma pauvre femme t'adopta.
Une croix ornait ta parure,
C'était un petit Christ en or;
Sur ton sein, belle créature,
Une lettre me dit encor
Ton nom, le lieu de ta naissance.
Pardonne à qui Dieu pardonna;
Tiens, lis ces mots, ma belle Hortense,
C'est pourquoi l'on t'abandonna.
Elle lut : pardonne à ta mère
Qui croyait un amant flatteur :

Pour vous plus de douleur amère;
Je veux faire votre bonheur.
Mais trompée, fuyant ma famille,
Eperdue, j'oubliai ton sort,
Et te laissai là, pauvre fille
Pour aller me donner la mort.
Oh! vous qui trouvez l'innocence,
Soyez à jamais son soutien;
Car Dieu, dans sa juste clémence,
Bénit l'âme qui fait le bien.

Depuis, je t'élevai, ma belle,
Tu me rendais le cœur joyeux,

Et je travaillais avec zèle,
Car tu grandissais sous mes yeux.
Marie eut soin de ta parure;
Tu faisais son affection,
Et moi, mon bonheur, je te jure,
Etait dans ton instruction.
Je bénissais l'Etre suprême,
Car en tout j'étais triomphant;
Et je prospérais le jour même
Où je te trouvai, mon enfant.

20 ANS APRÈS.

Un jour, c'était fête au village,
Et tout bas chacun se disait :
Quelle est la fille la plus sage?
Sur cela l'on s'entretenait.
L'on vit au pied de la chapelle
Hortense implorant le Sauveur.
Alors, chacun disait : c'est elle,
C'est Hortence, enfant du malheur,
Et l'on couronna la rosière.
Après avoir dit son avé,
Chacune au village était fière
De fêter cet enfant trouvé.

J.-A. SÉNÉCHAL.

LE CHAMELIER.

Musique d'Edouard Bacle.

L'Orient se colore,
De tous les feux du jour ;

La radieuse aurore
Ses effluves d'amour ;
Sur la couche mouvante
Qui couvre les déserts.
Le roi de l'univers
Etend sa robe ardente,

Parmi mon troupeau roux
J'ai deux jeunes chamelles
Jumelles,
Au poil blanc et doux :
Leur marche régulière
Comme un constant roulis,
Berce ma chamellère
La fleur des Osmanlis.

Sur son front de sultane,
Privé du moindre atour,
A l'ombre d'un platane,
Je pose, moi, profane,
Un long baiser d'amour ;
Je m'endors en un rêve
Rempli de voluptés
O songes enchantés
Que son sourire achéve !
Parmi, etc.

Mohammed le prophète
Dont les yeux sont partout
A béni l'amullette
Que je baise en cachette
Dans chaque marabout
Quand mon troupeau signale
Un terrible ouragan
Trois versets du Koran
Détournent la rafale.
Parmi, etc.

Tant qu'un astre illumine.
Les hauteurs de Biskra
Le chameau qui rumine

Sous son fardeau chemine
Du Tell au Sahara
Je ne vends pas, j'échange
Mes produits Ottomans
Contre ces dolimans
Dorés jusqu'à la frange.
Parmi, etc.

LE TABAC A PRISER

AIR : *Connu.*

J'ai lu souvent dans Molière
Que le tabac est divin,
Et j'aime la tabatière
Presque autant que le bon vin.
C'est un remède efficace
Contre l'ennui qu'il pourchasse,
Chacun devrait en user,
A purger nos cerveaux il le faut employer.
Sur la terre.
Il opère
Maintes guérisons.
Quand le chagrin nous altère,
Prisons (*bis*), allons, morbleu, prisons !

Un habile politique
Par ses beaux discours m'endort;
Si l'on me chante un cantique,
Je ronfle encor bien plus fort;
Mais cette poudre subtile,
Par un mouvement agile,
Soudain me vient éveiller.
Aussi lorsqu'à propos on le sait employer,
Il redresse
De paresse,

Et par ses leçons
On apprend la politesse.
Prisons, etc.

Qu'on me verse du Suresne,
Comme d'un vin excellent,
Aussitôt de veine en veine,
J'éprouve un frémissement,
Je sens naître ma colère;
Mais au tabac salutaire
Pour me calmer j'ai recours,
Puisque des passions il amortit le cours,
L'homme austère
Le préfère
Aux plus beaux sermons,
Il refait le caractère.
Prisons, etc.

Qu'une beauté peu sévère
Cède à mon amour pressant,
Qu'ensuite elle me préfère
Un mirliflor bien pimpant,
Pour oublier la perfide,
Lorsque ma bouteille est vide,
Le tabac vient m'assister;
Pour plaire au cotillon je n'y veux renoncer,
Car le blâme
D'une femme,
Ses sottes raisons,
Ne changent rien à ma gamme.
Prisons, etc.

Le lendemain d'une orgie,
A peine suis-je éveillé,
J'ai la mémoire affaiblie,
J'ai le cœur tout barbouillé;
Mais, au moyen d'une prise,
Bientôt j'ai l'âme remise,
Et je puis recommencer.

Après un tel bienfait comment ne pas l'aimer,
La vieillesse,
La jeunesse,
Tous les biberons,
Puisqu'il dissipe l'ivresse ?
Prisons, etc.

Pour attendre la matière,
En composant ma chanson,
Au fond de ma tabatière,
Je puisais avec raison ;
Mais si vous la trouvez fade,
Mais si mon sujet est maussade,
Amis, pas de mauvais bruit ;
S'il vous semble piquant et s'il vous a séduit,
Qu'à la ronde,
Tout le monde
En reniflant me réponde :
Prisons, etc.

Boulo.

A MAUVAISE FORTUNE BON COEUR

Dicton populaire.

Air : *Tarare pompon.*

D'un nouveau candidat,
Auditeurs bénévoles,
Ne jugez les paroles
Que sur le résultat ;
Mais s'il vous importune,
Faites-lui, sans aigreur,
A mauvaise fortune
Bon cœur.

Pour faire une chanson
J'invoque en vain ma muse;
Comme elle me refuse,
Je cours chez Apollon;
Sans fruit je l'importune
Et fais, en pauvre auteur,
A mauvaise fortune
Bon cœur.

Par un travail constant
L'artiste cherche à plaire,
Souvent il a beau faire,
Son zèle est impuissant;
Sifflé vingt fois pour une,
Il fait avec rigueur
A mauvaise fortune
Bon cœur.

On voit, dans un hymen
Que l'intérêt apprête,
L'époux rire à la fête,
Pleurer le lendemain;
Mais sans ressource aucune,
Il fait, pour son honneur,
A mauvaise fortune
Bon cœur

Si quelque *mastroquit* (1),
Par un mauvais système,
Vient donner le baptême
A notre vin clairet,
Contre lui sans rancune,
Je fais, en franc buveur,
A mauvaise fortune
Bon cœur.

(1) Mot populaire désignant un marchand de vin.

Quant à nous, mes amis,
Qu'aucun chagrin n'accable,
Faisons de notre table
Un nouveau paradis :
Sans la moindre lacune,
Buvons, chantons en chœur:
A mauvaise fortune
Bon cœur.

J. Hepply.

LES ÉCHOS DE LA JOIE

Chant de carnaval.

Air : *De la chasse de Bonnefond.*

Vivat ! enfants du carnaval,
L'hiver ne s'annonce pas mal;
Déjà l'Opéra donne bal,
Déjà Strauss s'inspire.
Quel fougueux délire!
Que nous allons rire!
Voici la saison des entrechats,
Des folles chansons, des gais galas,
Que jupons, bouchons et plats,
Filles et garçons,
Viveurs folichons,
Sautent en ronds !
Filles et garçons,
Chantons, dansons,
Viveurs folichons,
Rions, buvons,

Foin du trépas;
N'y songeons pas.

Alerte, chicards, rigolots,
Paillasses, titis et pierrots,
Momus agite ses grelots,
Courons à la danse,
Qui déjà commence;
Que nul ne balance,
Voici la saison, etc.

Le vin est un philtre divin.
Pour radouber le genre humain;
Sans ce grand vainqueur du chagrin,
Que serait le monde?
Le jus de la bonde
Rend femme féconde,
Voici la saison, etc.

Ainsi je cesse de chanter,
Ce vin que je viens de vanter
Dans mon verre peut s'éventer,
Ceci m'intéresse,
Et fou qui délaisse
Bouteille et maîtresse!
Voici, etc.

A. Halbert.

AH! QUE J'ÉTAIS BON DIABLE!

Air : *De la Lisette de Béranger.*

Ecoutez moi, pétulante jeunesse :
Soyez dispos à la voix d'un vieillard;

Je ne viens pas troubler votre allégresse
Par les discours sermonneux d'un bavard...
Bien loin de là : près de douces amies,
Narguez le temps, — il vous bravera tous ;
Amusez-vous, faites bien des folies ;
Car, autrefois, j'en fis autant que vous.
Où donc est mon bon temps,
Mon passé regrettable,
Ma jeunesse agréable ?
Où sont donc mes vingt ans ?
Ami des bons vivants,
Parfois assez aimable,
Croyez-moi, — jeunes gens, —
Mais dans mon bon vieux temps,
A l'âge de vingt ans,
Ah ! que j'étais bon diable !

De par Bacchus, nous battions la campagne ;
Qu'étaient nos goûts ?... Vous allez en juger ;
Nos vins étaient de Beaune ou de Champagne,
Et nos chansons celles de Béranger.
A qui mieux mieux, dans notre réfectoire,
Chacun buvait, fredonnant un couplet :
Venait mon tour... quand je chantais à boire,
Sur tous les tons un cœur me répondait.
Où donc est mon bon temps, etc.

Parfois, aussi, c'était la comédie,
Qui de mon cœur provoquait le désir,
Pardonnez-moi cette monomanie...
Je la jouerais encore avec plaisir.
En ce temps-là, j'étais un bon Léandre,
J'avais de lui la grâce et la beauté ;
Si maintenant je ne suis qu'un Cassandre,
De Figaro j'ai gardé la gaîté.
Où donc est mon bon temps, etc.

Viendrai-je ici vous parler amourettes ?
Je fus volage... Oh ! vous n'en doutez pas.

Un mois entier maintes gentes fillettes
Bien rarement partageaient mes ébats.
Toujours joyeux, j'adorais la dernière,
Mais venait-elle à parler diamants,
Moi qui n'avais que mon amour pour plaire,
Je lui donnais alors... la clef des champs.
Où donc est mon bon temps, etc.

Comme autrefois que l'humanité veille :
Combien de gens sont là manquant de pain !
Amusez-vous, folâtrez : à merveille ;
Mais n'irez-vous pas leur tendre la main?
Vienne l'hiver, pour vous voilà des fêtes ;
Pour eux voilà d'affreuses froides nuits;
Donnez des bals, pour eux faites des quêtes,
Et vos plaisirs auront un noble prix...
C'était ainsi que nous faisions jadis.
Où donc est mon bon temps, etc.

H. Benoist.

LE DÉPART DU MONTAGNARD

Air : *Voilà pourquoi j'aime ma pauvreté.*

O ciel natal! toi que j'admire encore,
Lorsque l'hiver se couche aux pieds des monts,
Sommets glacés, où rayonne l'aurore,
Sublime autel des vœux que nous formons !
Votre beauté s'assombrit sous la nue,
Un voile gris nous cache le ciel bleu,
Car, moi, je pars; hélas! je vous salue,
Oui, pour toujours, ciel paternel, adieu! *bis.*

Partir, eh quoi! partir quand la nature
M'a réservé des dons si précieux,

Quand sur le lac que le printemps azure,
Mon jeune nid flotte encore sous les cieux!
L'oiseau grandit abrité sur la plage,
Près de sa mère, il renferme son vœux;
Mais moi, déjà, je dois fuir ton rivage,
Oui, pour toujours, flot paternel, adieu *bis.*

Il faut partir, rives de mon enfance,
Vous n'aurez plus que mes larmes d'un jour.
Delà les mers, quelle vaine espérance,
Pourra tromper ce doux et triste amour?
Voile que tend la brise matinale,
Pampres dorés sur des coteaux de feu,
Sombres manoirs, antique cathédrale,
Oui, pour toujours, bord paternel, adieu! *bis.*

Encore, hélas! si ce bord était vide,
Si nul regret n'y répondait au mien,
Et si le temps, ce moissonneur avide,
Près des tombeaux n'avait laissé plus rien!...
Mais, dans ce jour qui m'arrache à ma mère,
Frères, amis! pour moi, vous prierez Dieu;
Je vais m'asseoir à la porte étrangère,
Oui, pour toujours, toit paternel, adieu! *bis.*

Qui sait? qui sait si quelque jour encore
Dans mon pays je vous reverrai tous?
Mais que m'importe, ou la mer qui dévore,
Ou, sur ces bords, un tombeau près de vous?
Dieu nous bâtit, au céleste rivage,
Un port divin où vogue notre espoir;
Nous marchons tous vers le même héritage;
Je pars, adieu, mes amis! au revoir! *bis.*

A. H.

LE CHANT DU RETOUR DU MONTAGNARD

AIR : *A mon âme (Hégésippe Moreau).*

Monts regrettés, rives pour moi sacrées !
Comment chanter lors d'un adieu touchant ?
Lorsque l'oiseau va quitter nos contrées,
Pour le retour, il réserve son chant :
Longtemps muet, s'il nous revient fidèle,
De nos beaux jours, joyeux avant-courrier,
Las ! il aborde au chaume hospitalier,
Le saluant de la voix et de l'aile.
Ils sont bien loin les rêves d'autrefois,
Si le retour n'éveille pas ma voix.

Près des palais où nul amour n'inspire,
Leur préférant nos huttes de bergers,
Comme l'Hébreu, j'avais pendu ma lyre,
Aux saules verts des fleuves étrangers.
Souffle de mai qui frémis sur ma corde,
Porte au châlet un doux refrain d'amour ;
Au sol natal annonce mon retour,
Brise du lac, vers la rive où j'aborde !
Ils sont, etc.

Là-bas, là-bas ! disait l'espoir qui trompe,
Le monde est grand, le cœur plus grand encor,
Succès, plaisirs, amour, honneur et pompe,
Va, cherche, trouve, au loin fais ton trésor !
Mais bientôt las de ces mœurs buissonnières,
Sous d'autres cieux où se fête l'erreur,
Dans nos vallons on aime avec ardeur,
Le cœur revient à ses amours premières.
Ils sont, etc.

Pourtant qui sait si, de tout ce qu'on aime,

Rien n'a changé, n'a faussé son chemin !
De l'amitié le cœur seul est le même,
Sa coupe est pleine, elle nous tend la main ;
Outre les fleurs qui parent sa couronne,
Ce doux parfum qui émane des cœurs,
C'est l'amitié seul baume des douleurs ;
C'est le vrai bien qu'ici bas Dieu nous donne.
Ah ! qu'ils sont loin les rêves d'autrefois,
Amis ! si vous n'éveillez pas ma voix !

A. H.

CHANSON ÉCHAPPÉE AU DÉLUGE

COMPOSÉE

Par un témoin oculaire de ce grrrrand événement, et transmise par la lucarne de l'arche de Noé à un auteur du XIXᵉ siècle.

Air : *d'Orphée. (Rondeau.)*

Le Dieu de l'univers,
Aux éléments divers,
Se fait entendre ;
Il t'appelle, ô néant !
Dans ton gouffre effrayant
Tout va se rendre.

Le jour fuit..., les éclairs
Brillent seuls dans les airs,
La foudre gronde ;
Et l'autan furieux,
De l'enfer jusqu'aux cieux,
Soulève l'onde.

Frémissez, vils mortels,

Sous vos pas criminels
Le monde croule;
Une lave de feux,
De son sein sulfureux,
Jaillit et coule.

La mort règne..., sa main
Plonge le genre humain
Dans le Tartare;
Tout ressent sa fureur,
Et présente l'horreur
Du noir Ténare.

Les monts sont renversés,
Les enfers écrasés
Vont se dissoudre;
Et les astres troublés,
Dans les cieux ébranlés,
Tombent en poudre.

Tout s'apaise et se tait...
Tout empire renait,
Vaste silence...
Et l'univers détruit,
Abandonne la nuit
Son orbe immense.

Que d'astres éclatants,
Ceints, par la main du temps,
De voiles sombres!
Seule, l'éternité,
Plane avec majesté
Sur leurs décombres.

A. H.

LE CONSCRIT

Chansonnette.

AIR : *T'en souviens-tu?*

Depuis deux mois qu'jai quitté not'chaumière,
J'fais l'exercice au moins deux fois par jour,
J'ai l'cœur sensible, mais j'ai l'âme guerrière,
J'peux servir Mars sans r'noncer à l'amour.
Si queuqu'conscrits en partant vers'nt des larmes,
Et vont d'chagrin mourir à l'hôpital,
Avec plaisir moi je m'trouve sous les armes; } *bis*.
Je n'suis qu'soldat, j'peux d'venir général.

Quand j'marrachai des bras d'ma pauvre mère,
Mon père m'dit : « P'tit Pierre, n'sois pas chagrin. »
J'l'y répondis : « Soyez tranquille, mon père,
Vous bénirez p'têt'un un jour mon destin. »
Gai comme pinson, j'réjouis tout'la caserne;
D'soup'au pain noir j'sais m'faire z'un régal;
Pendant queuqu'temps j'dois porter la giberne.
Je n'suis, etc.

Avant d'partir, la fille à Mathurine,
D'puis plus d'deux ans à qui j'faisais la cour,
Vint m'dir'adieu, dans son humeur chagrine,
S'désespérant n'croyant pas à mon r'tour.
Ça m'crevait l'cœur : dans sa douleur cruelle,
J'tremblais morbleu ! qu'all'n'vint à s'trouver mal;
Pour la calmer, je lui dis : « Ma tout'belle,
Si je pars, etc.

Je n'peux pas m'plaindre, car déjà d'not'chambrée
J'suis nommé le chef, en dépit des envieux.
J'sais fair'mon d'voir, ma consigne est sacrée,
Et je n'crains pas qu'on m'jett'du plomb dans l's'yeux.

Mon caporal m'témoign' d'la bienveillance,
Mais, z'entre nous, chacun m'trait'd'animal;
Sur tant d'propos moi j'sais garder le'silence.
Je n'suis, etc.

On dit tout bas qu'j'allons en Algérie,
Qu'l'ordre est donné z'à tout'la garnison;
C'te nouvelle-là m'rend l'âme réjouie;
J'prouverai bientôt que je n'crains pas l'canon;
Sur ma valeur z'on peut compter d'avance,
J'suis né Français, j'ai l'orgueil national;
Peut-être un jour j'pourrai dir'z'à la France:
« J'partis soldat, je reviens général. »

A. H.

ESPOIR ET CROYANCE

ROMANCE.

Le barde fuyant les campagnes,
De son enfance heureux séjour,
Errait au loin sur les montagnes,
Où le Christ a reçu le jour.
Près du Jourdain quand il sommeille,
Quelle voix frappe son oreille?
« Chrétien, apaise ta douleur,
Il est un Dieu pour le malheur! »

A mon désespoir je succombe,
Dis-je au Seigneur, secourez-moi;
Mais le Seigneur, près de sa tombe,
M'a dit : J'ai souffert plus que toi. »
Heureux qui vit dans les alarmes!
Un jour se tariront tes larmes;

Chrétien, apaise ta douleur,
Il est un Dieu pour le malheur!

L'orphelin regrette son père,
La mère à sa fille survit,
Mais le ciel, un jour moins sévère,
Leur rendra ce qu'il leur ravit.
Le prince, au moment qu'il expire,
Peut retrouver un autre empire;
Chrétien, apaise ta douleur,
Il est un Dieu pour le malheur.

A. H.

LA BOUTEILLE

Chanson de table.

AIR : *Foulons aux pieds les préjugés du monde.*

Voulant un jour consulter le destin,
Je l'invoquais, quand un prodige étrange
Offre à mes yeux un joli petit ange
Traçant ces mots qu'il proclame soudain :
Heureux buveur, ta chance est sans pareille,
Réjouis-toi, car à tout l'univers,
Tu peux verser liqueurs, esprits divers,
Sans redouter de tarir ta bouteille. (*bis*)

Depuis ce temps je bois en franc buveur
A qui la soif n'accorde point de trêve,
Je bois sitôt que le soleil se lève,
Et tous les jours je bois avec ardeur ;
Mais c'est avec mon bon ami Latreille
Qui dit le soir, fléchissant les genoux,

Sort inhumain, voilà bien de tes coups;
Latreille est gris à moins d'une bouteille. (*bis*)

Croyant cacher les ravages du temps,
Tu veux en vain vieille et fière coquette,
Singer le ton, les airs d'une fillette,
Je dois t'offrir l'antique *cent sept ans;*
Joli minois à la bouche vermeille,
Au teint de lis, à l'œil vif et mutin,
Pour toi la nuit, le jour, soir et matin,
Parfait amour jaillit de ma bouteille. (*bis*)

De maint Caton osant être l'écho,
Lorsque parfois un orateur peu sage
Du bon vieux temps vante l'heureux servage,
Coulez, coulez *esprit du grand Jocko;*
Mais le tribun qui sur la charte veille,
Et n'obéit qu'à l'honneur, qu'à la loi,
Toujours pour lui verra l'*esprit de Foy*
En perle d'or couler de ma bouteille. (*bis*)

J'offre aux héros le *pur nectar des dieux*,
L'*huile de Mars*, au preux qui va combattre,
Le petit lait du bon roi Henri quatre,
A tout bon roi, tout prince valeureux;
Aux fiers boxeurs, de Londres la merveille,
J'offre en tremblant le *Rhum* ou le *Cognac*,
Car sous leurs poings gare à mon estomac,
Mon pauvre nez et ma chère bouteille! (*bis*)

Je devrais bien pourtant verser encor
L'*eau de Bacchus* pour le joyeux Grégoire,
L'*eau de Vénus* pour sa fille Victoire,
Pour Harpagon, l'*eau d'argent*, ou l'*eau d'or;*
Mais, je le vois, ici chacun sommeille
En écoutant les vers de ma chanson.
Réveillez-vous, amis, car Apollon
Vient de briser ma fragile bouteille. (*bis*)

Il est donc vrai, ton sort vient de finir,
Non, tu n'es plus, bouteille tant chérie !
O mes amis, d'une si courte vie,
Gardez au moins un léger souvenir,
Car quinze jours j'eus la puce à l'oreille,
Et pour vous seuls je me fis chansonnier.
Ne livrez pas au fer du chiffonnier
Chaque débris de ma pauvre bouteille. (*bis*)

A. LYON.

L'ÉTOILE DISPARUE

Romance.

AIR : *De la romance du même titre d'Édouard Plouvier.*

Regarde, mère, cette étoile,
Me disait Marie en partant,
Sous elle en paix glisse la voile
De Jeannic, le pêcheur d'Ouessant.
Il m'a juré d'être fidèle ;
Moi, je lui conserve ma foi;
Cet astre, divine tutelle,
Sera mon guide loin de toi.

Bien loin, bien loin de la montagne
S'exila Marie en pleurant.
Dieu, fais loin de moi qu'elle gagne
Un peu de pain, un peu d'argent.
Dans le ciel, astre qui scintille,
A toi mon espoir et ma foi :
Puisque tu veilles sur ma fille,
Est-elle heureuse? dis-le moi.

Et chaque soir la bonne mère
Lisait sa destinée aux cieux;
Mais, las! son étoile si chère
Un soir disparut à ses yeux...
Ma fille, dit la pauvre femme,
Est-elle en danger loin de moi?
Si jeune est encore son âme!
Dieu, ne l'appelle pas à toi!

Comme elle achevait sa prière,
Une voix bien connue, hélas!
Près d'elle murmurait : espère!
Mère, je reviens dans tes bras;
Jeannic demain à la chapelle
Me donne son cœur et sa foi...
Puis aux cieux, radieuse et belle,
L'étoile reprend son emploi.

A. H.

MADEMOISELLE VICTOIRE

AIR : *Mademoiselle Clémence (L. Marchive).*

Je préfère aux émotions,
Qu'offrent les romans, le théâtre,
Le récit des traditions
A la veillée, au coin de l'âtre.
Jeune encor, sans voir rien vu,
En écoutant certaine histoire,
J'aimais d'un amour ingénu
  Mademoiselle Victoire.

« Pourquoi, » me direz-vous, « enfant,
Aimer ce nom?... » Qu'on me pardonne,

C'est que chez nous, assurément,
Victoire est fille de Bellone;
C'est en France un nom bien porté;
Même, si j'ai bonne mémoire,
Tous nos grands auteurs ont chanté
Mademoiselle Victoire.

Ma déesse, aux dehors trompeurs,
De fait, n'est qu'une aventurière;
Au hasard, jetant ses faveurs,
Elle est capricieuse, altière;
Femme, elle aime le changement,
Et son inconstance est notoire...
Elle a trompé plus d'un amant,
Mademoiselle Victoire !

Elle offre sans distinction
Les lauriers dont sa main dispose,
A la force, à l'ambition,
Et déserte une noble cause.
Les excès de chaque vainqueur
Sont réputés œuvres de gloire;
Elle est bien sujette à l'erreur,
Mademoiselle Victoire!

Si l'on a dépeint maint défaut,
Dans certaine biographie,
Pour être impartial, il faut
Placer un mot d'apologie.
Chauvin, de Charlet, de Marco,
On vous entend dire après boire :
Qu'elle était belle à Marengo
Mademoiselle Victoire!

H. Benoist.

CONSEILS A IRMA.

Air : *Du vin de Ramponneau* (C. Gilles).

Vous arrivez à cet âge
Où l'on vous doit un conseil,
Irma; chacun vous dit sage,
Belle âme et beau teint vermeil;
Vous plaisez, je vous l'atteste.
Mais je vous dis sans détour :
Plus une fille est modeste,
Et plus on lui fait la cour. } *bis.*

Voyez ! la coquetterie
Trône dans vos blonds cheveux;
Là, le velours se marie
Aux perles, aux rubans bleus.
Mais chaque boucle m'atteste
Vos soins de nuit et de jour.

Plus une fille, etc.

Avec orgueil je veux croire
Votre génie élevé,
Vous avez bonne mémoire,
Votre esprit est cultivé.
Mais, sur le ton le plus leste,
Vous lancez le calembour.

Plus une fille, etc.

Oui, votre mine éveillée
Attire de toutes parts
De la foule émerveillée
Et les pas et les regards.
Mais le coup d'œil fier et preste
N'est pas celui de l'amour.

Plus une fille, etc.

Enfin, faut-il vous le taire?
Vous feignez de l'ignorer :
Irma, c'est peu que de plaire,
Il faut se faire adorer.
Or, sachez qu'un rien, un geste,
Peut vous perdre sans retour.
Plus une fille est modeste, } *bis.*
Et plus on lui fait la cour. }

J.-B. Girard.

LE TONNEAU

Air : *Du vaudeville de M. Guillaume.*

Mes chers amis, dans l'ardeur qui m'embrase,
Ignorant l'art de rimer un refrain,
Souvent je fais trotter Pégase,
Armé d'un vers alexandrin.
Mais, aujourd'hui, guidé par la folie,

Pour moi le Pinde est un caveau;
Ce noir flacon, le flambeau du génie,
L'Hippocrène, un tonneau.

Puisqu'il le faut, plein d'un transport bachique,
Parlons plus bas le langage des dieux,
Et sur mon galoubet rustique
Essayons un couplet joyeux.
Entends ma voix, la pitié te l'ordonne,
Quand je fais un effort nouveau,
Inspire-moi, divin fils de *Latone*,
Pour chanter le tonneau.

Faibles mortels, jetés dans ce bas monde,
Nous y roulons semblable aux tonneaux;
Tant qu'ils sont pleins, la foule abonde,
Vides, on leur tourne le dos.
C'est comme nous, chacun nous humilie
Quand notre destin n'est plus beau :
Vous le voyez, l'histoire de la vie
Est celle d'un tonneau.

Méfiez-vous de ces *Phrinés* perfides,
Sous l'art fatal qui sait se mouvoir;
C'est le tonneau des *Danaïdes*,
Qu'on s'efforce en vain de remplir.
Amis, c'est là, dans ce siége funeste,
Qu'on perd la santé, le repos;
Le repentir, voilà tout ce qui reste
Aux fonds de ces tonneaux.

Pour nous, tâchons d'imiter *Diogène*,
Cherchons au sein d'un modeste tonneau,
Dont nous supportons le fardeau.
Laissons chanter le troubadour fidèle,
A l'ombre d'un paisible ormeau;
Point de soupir, chantons la bagatelle
A l'ombre d'un tonneau.

De mon tonneau vous attendiez sans doute,
Vin pétillant, dont le feu nous séduit?
  Hélas! mes amis, il m'en coûte
  De servir du vin sans esprit.
Rassurez-vous, ma verve se repose;
  Et, pour oublier nos défauts,
Noyons l'ennui que ma chansons vous cause,
    Dans le jus des tonneaux.

LES DEUX FRÈRES VOLONTAIRES

AIR : *Des deux exilés.*

« Quoi? déjà vous prenez les armes! »
— Mère! le canon retentit,
Sur nous ne versez point de larmes;
Nous partons, l'honneur nous le dit.
Il faut quitter notre chaumière,
C'est notre devoir de soldat;
Il faut courir à la frontière,
  Et voler au combat.

Ils finiront, ces jours d'absence,
Nous nous reverrons, lieux charmants,
Doux souvenir de notre enfance,
Rêve de notre beau printemps!

« Partez défendre la patrie,
Chers enfants; le dieu des combats

Protége la mère qui prie,
Son ange guidera vos bras
Je reste seule à la chaumière,
Mais mon cœur sera près de vous,
Afin que Dieu vous achemine,
  Prions tous à genoux! »
Ils finiront ces jours d'absence, etc.

Sois-nous propice à la bataille,
Toi, le juge de tous les cœurs;
Toi, qui diriges la mitraille,
Vois notre droit, rends-nous vainqueurs.
Mon Dieu! fais que notre patrie,
En punissant ses agresseurs,
T'aime, te respecte et te prie;
  Hommage à tes grandeurs!
Ils finiront ces jours d'absence, etc.

Après ces mots sans plus attendre,
Tous deux choisissent leurs fils,
Ils quittent le beau sol de Flandre
Et s'en vont loin de leur pays,
Ils partaient l'âme si guerrière,
Qu'en cheminant — avec accord,
Et déjà loin de leur chaumière, —
  Ils répétaient encor :
Ils finiront ces jours d'absence, etc.

LE CIEL DE MA BRETAGNE

Air : *Sainte Thérèse, ô ma patronne!*

Je vais partir, rien ne m'arrête,
Car je cours venger le pays;
Embrasse-moi, bonne Louisette,
Je vous quitte, mes bons amis.
Adieu, riche et belle campagne,
Adieu, chaumière où je vécus;
Adieu, beau ciel de ma Bretagne,
C'en est donc fait, je ne te verrai plus

Cachons mes larmes à Louisette;
Qu'elle ignore la vérité;
A son père, en prison pour dette,
Je vais rendre la liberté,
Le vendu, loin de sa compagne,
Aura l'amour et les vertus.
Adieu, etc.

Aux vieux pêcheurs de cette plage
J'abandonne tous mes filets;
De ma mère la douce image
Est là sur mon cœur pour jamais.
Déjà le courage me gagne,
De gloire mes sens sont émus.
Adieu, etc.

Il s'élance dans la nacelle
Qui doit le conduire au vaisseau;
Chaque marin rame avec zèle,
Car il ne voit plus son hameau,
Au loin l'écho de la montagne
Redit ces regrets superflus.
Adieu, etc.

Eugène Baumester.

LA MAROTTE ÉPICURIENNE

AIR : *Ma petite, monte vite.*

Saisissons notre marotte,
Chantons, gais épicuriens ;
La raison prêche et radotet,
Restons momusiens.

En colère contre nous,
La raison, dans son courroux,
Veut exclure des salons
Tous les flons flons.
Pour combattre ce caprice,
Sachons trouver les moyens
De grossir notre milice,
De joyeux vauriens ;

Saisissons notre marotte, etc.

Si dans les cœurs fiers et froids
La romance a tous les droits
Opposons à leurs dédains,
De gais refrains.
Puis, avec moins d'étiquette,
Sans trompettes ni tambours,
Régénérons la goguette
Dans tous les faubourgs ;

Saisissons notre marotte, etc.

Dans les banquets somptueux,
Pense-t-on aux malheureux?
Dans nos repas égrillards,
Ils ont leurs parts.
Réunis tous en famille,
Faisant cercle autour du feu,

Chez nous la gaité pétille,
Buvant du vin bleu.

Saisissons notre marotte, etc.

Suivons les lois de Momus,
Pour guide prenons Bacchus,
Et le meilleur sommelier
Pour aumônier.
Erigone, cantinière,
Sera notre pourvoyeur,
Et notre porte-bannière,
Le plus fort buveur ;

Saisissons notre marotte, etc.

H. Benoist.

LES REGRETS

Chansonnette

Air : *Soldats, voilà Catin! (Béranger.)*

J'étais, au bruit de nos succès,
Attendri jusqu'aux larmes;
Pour le soutien du nom français,
Je fus prendre les armes.
Mais quand j'entendis le canon
Qui grondait fort à l'horizon,
Je regrettais notre maison,
Nos bois et Jeanneton.

En ce moment je réfléchis
Aux avis de mon père ;
Souvent il me disait : « Mon fils,

Si tu vas à la guerre,
Au bruit terrible du canon,
Qui gronde fort à l'horizon,
Tu regretteras la maison,
Nos bois et Jeanneton.»

J'ai bien payé, n'en doutez pas,
Ma dette à la patrie ;
Je n'ai jamais craint le trépas,
Je vous le certifie;
Mais quand j'entendais le canon
Qui grondait fort à l'horizon,
Je regrettais notre maison,
Nos bois et Jeanneton.

Le plus terrible des hivers,
Si connu dans l'histoire,
Fut seul cause de nos revers,
Sans flétrir notre gloire.
Alors a cessé le canon
Qui résonnait à l'horizon,
Et je revins voir la maison,
Nos bois et Jeanneton.

C'est alors qu'aux travaux des champs
Ma joie était complète,
Et, loin du tumulte des camps,
Je dormais sur l'herbette.
Les fleurs de la belle saison,
Embaumaient un naissant gazon,
Et je dansais à l'unisson,
Avec ma Jeanneton.

Maintenant que le Dieu d'hymen
Me tient sous sa bannière,
Sans nul souci, sans nul chagrin,
Près de ma ménagère,
Je ne prends plus que le canon

De Beaune, Bourgogne ou Mâçon,
A la santé du vigneron
Et de ma Jeanneton.

NOEL.

LE SOIR A LA VEILLÉE

Romance

AIR : *D'une fleur pour réponse.*

La loi le veut ! adieu, mère chérie !
Edwige, adieu, ma bonne sœur ;
Oui, pour venger notre belle patrie,
Le rendez-vous est au champ de l'honneur.
Puissiez-vous loin de moi garder un cœur content !
De pleurs, en vous quittant, ma paupière est mouillée
Souvent le soir, à la veillée,
Pensez au pauvre absent.

Pour mon pays, au fort de la mêlée,
Avec orgueil j'exposerai mes jours ;
Ah ! sur mon sort, amis, sous la feuillée,
Ne pleurez pas ! chantez, dansez toujours,
Puissiez-vous loin de moi garder un cœur content !
Pour consoler ma mère, de douleurs accablée,
Venez le soir, à la veillée,
Parler du pauvre absent.

Mais il partit ! Plaignez sa pauvre mère !
Hélas ! en vain elle attend son retour...
En combattant sur la rive étrangère,
Son fils a vu poindre son dernier jour.
Longtemps encore après, ses amis bien souvent

Virent près du foyer sa mère agenouillée...
En pleurs attendre, à la veillée,
Julien le pauvre absent.

A. H.

LES YEUX BLEUS

OU

L'AMOUR D'UN PATRE

Romance

AIR : *Ecrivez-moi.*

De vos yeux bleus
J'ai vu briller la flamme,
L'amour soudain me perça de ses traits;
Un feu brûlant vint embraser mon âme,
Et je promis de n'adorer jamais
Que vos yeux bleus.

De vos yeux bleus,
Oui, je suis idolâtre;
Mais pardonnez à ma témérité;
Si le destin de moi ne fit qu'un pâtre,
Mon tendre cœur d'amour est transporté
Pour vos yeux bleus.

De vos yeux bleus
Le pouvoir est immense;
L'azur des cieux brille avec douceur,
Ah! promettez, pour prix de ma constance,
Que je lirai quelque jour mon bonheur...
Dans vos yeux bleus.

De vos yeux bleus
Les vives étincelles
Brûlent mon cœur mille fois en un jour.
Dois-je espérer, ô reine des mortelles,
Voir s'échapper un doux regard d'amour.
De vos yeux bleus?

LAOUSTIKI.

LE TESTAMENT DE BALOCHARD.

AIR : *Aussitôt que la lumière.*

Qu'ici-bas l'on se déchire
Pour des rêves ou des mots,
Au lieu de chercher le rire,
Qui ne gît qu'au fond des pots;
J'aime mieux, loin de Bellone,
Voir gaîment, le verre en main,
Couler le sang d'une tonne,
Que celui du genre humain.

Quand la Parque impitoyable,
Terminera d'heureux jours,
Dont les plaisirs de la table
Auront seuls rempli le cours,
Sous ma table que ma tonne
Soit mon unique tombeau,
Et qu'à l'entour, chaque automne,
On verse du vin nouveau.

Mon corps, par cette ambroisie,
Arrosé bien lentement,
Pourra, sous l'urne chérie,
Retrouver son élément.

Que de ma bouteille usée
L'on orne mon monument,
Et sur ce vineux trophée
Qu'on grave ce testament :

Je lègue ma femme au diable,
C'est son plus proche parent;
Ce legs est bien pardonnable,
Que d'époux en font autant !
Je lègue aux buveurs ma table,
A l'entour leurs cœurs émus
Diront : « Qu'un bien est peu stable !
« Qui git dessous, but dessus. »

Plus de traités d'importance,
Source unique du bonheur,
Et de l'humaine science
Vraiment la gloire et l'honneur !
L'art de vider, sans être ivre,
Plus d'un broc en quelques traits,
Ah ! que l'auteur, dans un livre,
En dit moins que je n'en fais !

Si par la métempsycose
Je renaissais de nouveau,
Je voudrais, sur toute chose,
D'homme devenir tonneau ;
On dirait avec envie,
En contemplant mon doux sort :
« Entonnoir pendant sa vie,
« Il fut tonne après sa mort. »

HENRI DUTERTRE DE LA BOUVERIE.

L'AIGLE ET LE LIMAÇON

Fabliau

Air : *Du sabotier.*

Au sommet d'un roc escarpé
Un aigle mit son aire,
Un limaçon de l'herbe échappé
D'en bas considère,
Puis à l'instant,
Clopin, clopant,
Gravit la cime altière,
Quittant les lieux,
Dont ses aïeux
Ont grossi la poussière.
Ne quitte pas, limaçon,
Ta coquille,
Ta famille,
Ne quitte pas, limaçon
Ta place au vallon.

Un matin l'aigle dans son nid
Trouva le pauvre hère
Insolemment caché, blotti ;
Grande fut sa colère :
Vil embryon,
Ton action,
Dit-il, est téméraire;
Grimpant pour toi,
Qui t'a, dis-moi,
Déposé sous ma serre?
Ne quitte pas, etc.

L'insecte, demeurant tapi

Dans le logis du maître,
Lui dit : Vers ton royal abri
Si tu me vois paraître,
Venu d'en bas,
Sans pieds ni bras,
Comme Dieu me fit naître,
C'est en rampant,
Roi de céans,
Que tu me vis paraître.
Ne quitte pas, etc.

Eh bien ! reste donc dans ces lieux,
Petite bête immonde,
Dit l'aigle en voyant qu'à leurs yeux
La foudre luit et gronde.
Sentant cela,
L'oiseau vola
A travers le nuage ;
L'insecte, hélas !
Ne bougea pas ;
Sur lui frappa l'orage.
L'intrigue et l'ambition
Voient sur terre,
Maint compère,
Monter sans talent, sans nom,
Faisant le limaçon.

A. Halbert

LE COMMIS VOYAGEUR

Air : *De la Nostalgie.*

Du voyageur blanchi dans le négoce
Personne, hélas! ne veut plaindre le sort!
Flatter, dit-on, blaguer, faire la noce,
C'est son métier. Ah! c'est mentir à tort.
Vous tous à qui s'adresse un tel outrage,
Vous qui suivez le sentier de l'honneur,
Amis, plaignez, oui, plaignez sans partage,
Plaignez le sort du commis voyageur!

Quand, plein d'espoir, je cours chez la pratique,
Le boutiquier dit : « Je suis trop pourvu. »
L'un est absent, l'autre a fermé boutique ;
Je fuis la ville, et je n'ai rien vendu.
Le chaud, le froid et la pluie et l'orage
A ma tristesse ajoutent la frayeur.
Amis, etc.

Parfois aussi le patron, en colère,
En son style bref m'écrit : « Hâtez le pas ;
Les temps sont durs, la vente ne va guère ;
Mon argent file, et vous n'avancez pas. »
Vous qui savez ma peine et mon courage,
Rendez hommage à ma juste douleur.
Amis, etc.

Assez longtemps j'ai su braver l'injure,
Et la fatigue et les nombreux dédains ;
Je veux enfin une vie humble et sûre,
De douces nuits et des jours plus sereins ;
J'ai trop souffert ! Au diable le voyage
Qui m'a ravi la paix et le bonheur !
Amis, etc.

Je veux revoir celle aussi que j'adore;
Près d'elle enfin je veux tout oublier;
Et si je dois me tourmenter encore,
Ah! ce sera pour mon propre foyer!
Des coups du sort l'amour nous dédommage,
De tous les maux il est consolateur.
Amis, etc.

Adieu, marchand, toujours grondeur et triste,
Maître exigeant qui m'avez tant joué;
Adieu surtout, égoïste aubergiste,
Et vous, garçons qui m'avez tant trompé;
J'ai trop souffert! Au diable le négoce
Qui m'a ravi l'amour et le bonheur!
Amis, etc.

LA JALOUSIE

Romance

Air : *Le travail plaît à Dieu.*

Car, puis-je croire au feu le moins durable,
Vénus naquit de l'écume des eaux,
Et ses serments, qu'elle écrit sur le sable,
Sont effacés par les vents et les flots.
Ma Zénaïde, avant que de tes chaînes
Mon faible cœur fût prêt à s'engager ,
Je me disais : hélas! combien de peines,
Je vais souffrir, si le sien est léger!

Je suis jaloux du chien que tu caresses,
Du papillon qui vole sur ton sein,
Et du zéphyr qui dérange les tresses

De tes cheveux attachés de ma main.
Car, puis-je, etc.

Je suis jaloux de l'onde où tu te mires,
Du vert gazon que foulent tes appas,
Je suis jaloux de l'air que tu respires,
Et de la terre empreinte de tes pas.
Car, puis-je, etc.

Je suis jaloux des vers que tu m'inspires,
On écrit mal, quand on est malheureux;
Ces tristes vers, de mes vers, sont les pires,
Je crains pourtant de te plaire moins qu'eux.
Car, puis-je, etc.

De mes soupçons tout augmente le nombre,
Un jour, un jour, dans mon transport fatal,
Autour de toi, je vis errer mon ombre,
Et je la pris pour celle d'un rival.
Car, puis-je, etc.

A. Halbert.

LES VENDANGES

Air : *Franc épicurien, gai vaurien, etc.*

REFRAIN.

Offrons à Bacchus,
Aux vertus
De son jus,
Des louanges :
Voici les vendanges ;
Nous rirons,

Boirons,
Chanterons,
Danserons,
Nous serons
Bons lurons,
Francs et ronds.

Accourez tous, jeunes garçons,
Maris, mamans, enfants, tendrons,
Et vous aussi, gais biberons,
Venez, la vendange s'apprête ;
Pour nous quel plaisir ! quelle fête !
Gaîment je répète :
Offrons à Bacchus, etc.

L'hiver amène des glaçons,
Mais au printemps nous renaissons :
En avant, joyeuses chansons!
Chantons ce doux nectar d'automne;
Tour à tour que chacun fredonne,
Devant une tonne ;
Offrons, etc.

Surtout bannissons le chagrin,
En répétant un gai refrain,
En savourant ce jus divin ;
Car moi, pour chasser l'humeur noire,
Le vin m'assure la victoire ;
Toujours je veux boire.
Offrons, etc.

Bacchus sera toujours vainqueur :
Par les attraits de sa liqueur,
Nous captiverons plus d'un cœur ;
Oui, nous obtiendrons tout des belles ;
Nous triompherons des rebelles ;
Non, plus de cruelles!
Offrons, etc.

Quand viendra la fin de mes jours,
Je veux mourir chantant toujours
Bacchus, le plaisir, les amours ;
Que, pour ma dernière besogne,
Un vin de Beaune ou de Bourgogne
Rougisse ma trogne.
Offrons, etc.

JOSEPH LEGRAND.

JE T'AIME, POÉSIE

AIR : *Du rossignol et les roses* (*Pierre Dupont*).

J'avais seize ans, pauvre rêveur,
Lorsque l'amour patriotique
Fit fleurir en mon jeune cœur
Un faible germe poétique.
La critique et ses nourrissons,
Posant sur moi leurs mains piquantes
Poursuivaient les fleurs chancelantes,
Du pauvre amoureux des chansons,
Je t'aime, ô poésie : Inspire ma pensée
Et mon âme froissée.

Le pas timide et chancelant,
Je poursuivais ainsi ma route ;
Le chemin était vacillant :
Il fallut m'arrêter au doute.
La poésie aux tendres sons
Et la nature révérée,
Faisaient vibrer l'âme égarée
Du pauvre amoureux des chansons.
Je t'aime, ô poésie : Inspire ma pensée
Et mon âme froissée.

Errant toujours de fleur en fleur,
Cherchant ma vie au sein des plaines.
Je ne rencontrai que malheur,
Morts et mourants au choc des haines
Que faire en ces tristes maisons?
N'entendant que cliquetis d'armes,
Il dut verser d'amères larmes,
Le pauvre amoureux des chansons.
Je t'aime, ô poésie : Inspire ma pensée
Et mon âme froissée.

Petite fleur au reflet bleu,
O véronique fugitive,
Je t'aime, faible enfant de Dieu,
Comme la frêle sensitive.
Vous, fleurs de nos belles saisons,
Comme la rose parfumée,
Régnez sur la muse adorée
Du pauvre amoureux des chansons.
Je t'aime, ô poésie : Inspire ma pensée
Et mon âme froissée.

Sœur d'Apollon, fille des cieux,
Dont la pensée enivre l'âme,
A l'enfant au front soucieux
Soufflez votre divine flamme.
Que votre amour et vos leçons
Divinisent la symphonie,
Et fassent rêver l'harmonie
Au pauvre amoureux des chansons,
Je t'aime, ô poésie : Inspire ma pensée
Et mon âme froissée.

Alphonse Hénicque.

ON VOUS EN SOUHAITE

AIR : *Lon la.*

Des galants dont le doux langage
Par de beaux serments vous engage,
On en trouvera
Tant qu'il vous plaira.
Des amants dont l'ardeur parfaite
Jamais ne se démentira,
Lon la,
On vous en souhaite.

Des amis dont la complaisance
Vous servira dans l'abondance.
On en trouvera
Tant qu'il vous plaira.
Des cœurs dont l'amitié parfaite
Dans le besoin vous cherchera,
Lon la,
On vous en souhaite.

Des gringalets d'humeur coquette,
Des petits coureurs de toilette,
On en trouvera
Tant qu'il vous plaira.
Des hommes à qui la retraite
Même dans l'âge mûr plaira,
Lon la,
On vous en souhaite.

Des Iris dont le cœur se prête
A tous les conteurs de sornette,
On en trouvera
Tant qu'il vous plaira;
Des jeunes à qui la fleurette
Passé trente ans répugnera,
Lon la,
On vous en souhaite.

TABLE.

FIN DE LA TABLE.

Paris, Imp. de Ch. Bonnet et Comp., 42, rue Vavin.